快乐读书吧
·彩图音频版·

部编版小学语文推荐阅读

曼丁之狮·非洲民间故事

陈伯雨　李直珊 / 编译

扫我，可以听！

山东人民出版社·济南
国家一级出版社　全国百佳图书出版单位

图书在版编目（CIP）数据

曼丁之狮：非洲民间故事 / 陈伯雨，李直珊编译. -- 济南：山东人民出版社，2020.6

ISBN 978-7-209-12799-8

Ⅰ. ①曼… Ⅱ. ①陈… ②李… Ⅲ. ①民间故事—作品集—非洲 Ⅳ. ①I407.3

中国版本图书馆CIP数据核字（2020）第099632号

曼丁之狮·非洲民间故事

MANDING ZHI SHI · FEIZHOU MINJIAN GUSHI

陈伯雨　李直珊　编译

主管单位　山东出版传媒股份有限公司
出版发行　山东人民出版社
出 版 人　胡长青
社　　址　济南市英雄山路165号
邮　　编　250002
电　　话　总编室（0531）82098914
　　　　　市场部（0531）82098965
网　　址　http://www.sd-book.com.cn
印　　装　北京楠萍印刷有限公司
经　　销　新华书店

规　　格　16开（170mm×235mm）
印　　张　12
字　　数　147千字
版　　次　2020年6月第1版
印　　次　2020年6月第1次
ISBN 978-7-209-12799-8
定　　价　25.00元

前言

世间有千万种遇见，遇见花开、遇见缘分、遇见幸运、遇见朋友。在你翻开这本书的瞬间，正是我们的第一次遇见。

曾几何时，在茫茫书海中，我们彼此擦肩而过，有时候，你竟草草地把我丢在一旁。从此，我们之间仿佛隔着浩瀚的海洋，我再也无法与你相遇。为了给你打造一场关于经典名著阅读的视听盛宴，我又经历了一次重塑的过程，铸就了一个崭新的自己，为的就是再次与你相见。

让你爱不释手是我的责任，也是我存在的价值和意义。曾经有人说，阅读中外文学名著，就是在和一位位文学大师对话；阅读他们的每一本书，都是站在了巨人的肩膀上。难道你不想站在巨人的肩膀上欣赏一番别样的美景吗？对于成长中的你来说，选择阅读经典名著一定不会错。阅读经典名著，点亮人生，让你的视野越来越宽广，能够培养你的思考能力和学习能力，还能帮助你树立正确的人生观和价值观。

为了激发你阅读经典名著的兴趣，更好地感悟经典的魅力，专家们在保证呈现经典名著风貌的基础之上，对我进行了浓缩，意在为你提供一张张步入文学经典殿堂的入场券。

如果你说阅读名著枯燥乏味，我们奉上了精美的内文插画；如果你想提前了解书中的情节，我们设置的“名师导读”栏目足以满足你的好奇心；如果你说对名著内容理解有障碍，我们邀请了名师精心做批注，全程为你答疑解惑；为了帮助你有效地积累优美的词句，我们精心设置了“日积月累”栏目；为了有效提升你的阅读思辨能力，我们还设置了“延伸思考”栏目；为了让你透彻地了解所读名著的情感和价值观，我们精心设置了“读后感悟”栏目。

总而言之，所有的编排都是从阅读的兴趣入手，就是为了让你在阅读中有所感悟，在阅读中得到提升。

至此，我也要郑重地、完美地呈现属于我自己的谢幕台词：我满载着丰富的内涵和人文思想，传达着人类的憧憬和理想，凝聚着人类最美好的情感，满心期待与你的美丽邂逅！

番外：

都说“书中自有黄金屋，书中自有颜如玉”，我却认为，读书会让你遇见一个更好的自己，这绝对是一件非常值得的事情，不是吗？还等什么？抓紧去遇见那个更好的自己吧！

目录

曼丁之狮·非洲民间故事

阿玛创世

名师导读

在非洲民间神话中，流传着阿玛创世的故事。故事中，有一个叫阿玛的天神创造了整个世界。传说，太阳、月亮、星空甚至整个人间，都是阿玛和他的子女们创造出来的。

相传，创造了整个宇宙的最高天神名叫阿玛。在他创世之前，整个宇宙寂静无声，没有一丝光亮，也没有一点温暖。于是，他抓起手边的一把泥土，将它们捏成一个个大小不一的泥球。接着，阿玛用烈火煅烧这些泥球，直到把它们烤得通体发光，然后他把最大的泥球挑出来，用八根红线将它缠绕，并把它悬挂在空中。

这颗红色泥球在空中发亮散热，光芒万丈，从此世间便有了太阳。见宇宙不再漆黑寒冷，阿玛高兴极了，紧接着他把一个稍微小一些的泥球用八根白线缠绕起来，并把它挂在天空的另一端。这颗白色泥球散发出清冷、皎洁的银光，从此世间便有了月亮。看到原本单调的宇宙有了昼夜，阿玛更加兴奋，随手将火炉中剩下的小泥球撒到天上，又变化出一片璀璨的星空。

阿玛还不尽兴，他继续创造世界。他抓起一团泥土捏成了一个女人，然后把它压扁，搓成泥球，挂在了星空中，这便是地球。

宇宙一下子有了光和热，有了昼夜交替，但阿玛还是觉得缺点儿什

么——这宇宙还没有活物，没有一点儿声音，所以缺少生机。于是阿玛决定和美丽的地球结为夫妻，一起创造出成双的生命来。❶

可是，正当阿玛和地球努力创造生命时，一个蚁巢妨碍了他们。阿玛一气之下将蚁巢砸得粉碎。他们因此没有成功结合，没能创造出成双的生命，只生出了一个天生豺狼模样的独子——伊乌鲁左。

阿玛决定和地球再结合一次。这次阿玛带来了可以滋润地球的雨水，他们终于生出了双子。其中一个孩子长着人的脑袋、蛇的身体、分叉的舌头、血红的双眼、八对柔软光滑的肢体，在太阳的照射下十分闪亮。可能是有雨水滋润的原因，这个孩子的身体呈水色。于是，阿玛封他为掌管宇宙河海雨露的水神和掌管太阳每日升落的火神，并为他取名挪摩。❷

生性温良的挪摩看见自己的母亲赤身裸体且不能言语，十分心疼。当他听说天上的仙草能聚神汇灵、明目通喉后，便与阿玛向上天求得仙草，亲手为母亲编织了一件草衣服，从此地球上便有了青葱的树木、广袤的原野、繁茂的森林。而母亲为了表达对孩子的感谢，竟说了句“谢谢”，这便是世间的第一种语言。❸

与挪摩不同，独子伊乌鲁左不仅长得如豺狼模样，性格也十分残暴。当他看到母亲和挪摩相亲相爱，不由得心生嫉妒，就对挪摩大打出手，甚至还抢走了母亲。母亲变成一只蚂蚁躲了起来，但很快被伊乌鲁左识破。他恐吓其他蚂蚁供出母亲的下落，最终母亲没有逃过这一劫。

自此，地球一蹶不振，日渐消瘦、贫瘠、枯槁，毫无生机。阿玛见状十分痛心。挪摩也救母心切，于是让阿玛用神力将自己散布在地球各个角落。挪摩散落的每个地方随即长出了草木和森林，而他的最后一个部分，被阿玛用来制造了一场暴雨。雨水将地球的身体冲洗干净后，地球孕育了八个新的生命。这八个生命自我繁衍，相传他们就是人类的祖先。阿玛见地球重获新生便想让挪摩复活，于是用泥土重新塑造并成功复活了挪摩。阿玛派重生的挪摩带着八个人类元祖下凡去创造人间。❹

挪摩一到凡间便化身鱼儿藏身河海。八个元祖紧跟着依次降落凡间。最先落地的是铁匠，他身背铁具、怀揣火种，由于落地时一不小心被掉落的铁具砸伤了

❶ 与开篇“整个宇宙寂静无声，没有一丝光亮，也没有一点温暖”相呼应，在阿玛的努力下，整个宇宙发生了翻天覆地的变化。

❷ 这里专门对挪摩进行细致的描写，强调其“水”的特性，是为后面挪摩献身救母做铺垫。

❸ 寓意着大地上的生命离不开雨水的滋润。

❹ 同上，寓意着大地上的生命离不开雨水。

脚，从此人类便有了关节。接着要降落凡间的依次是皮匠、石匠、木匠、瓦工、歌者、农夫、纺工，但是由于纺工太过激动，他并没有按照顺序下凡，而是先于农夫降落人间，这让农夫十分恼怒。农夫一下凡就化身巨蟒攻击另外七个人类元祖。元祖们联手击败了巨蟒，砍下他的蛇头，并把蛇头埋进铁匠刨的深坑，上面盖上石匠打造的千斤石板。阿玛不忍自己的八个孩子中缺失任何一个，便将巨蟒复活。巨蟒被复活后专心教给人类生存本领，并教他们如何在年老时修炼成为蛇而得到永生。渐渐地，蛇被当作祖先，并且成了后人祭祀的主要对象，而更换新的蛇像成为祭祀活动中最重要的仪式。

从此，元祖们将自己的技能言传身教给地球上的人类，这些人类逐渐演化出八个部族，每到丰收时还有载歌载舞的庆祝活动。

日积月累

煅烧　皎洁　广袤　一蹶不振　枯槁　言传身教

延伸思考

你认为阿玛创世过程中最难的部分是什么？他是如何克服这个困难的？

国王与食人怪

名师导读

非洲民间传说中，食人怪常常出没在偏僻之处的村落，一出现便会有灾祸。因此能打败食人怪的人，必兼备勇气与智慧，往往都被村民推举为国王。下面这则故事就与智斗食人怪有关。

食人怪的突然出现几乎毁掉了整个村子。

小动物和村民在巨大的吃人怪物面前不过都是“盘中餐”“砧上肉”，恐惧支配着每一个人。食人怪每次“光临”村子，都会吃掉十户人家，捣毁十座房子，不过这怪物不吃粮食。没过多久，原本充满生机的村子就变成了无人的荒地，一片死寂。

庆幸的是，一个妇人和她的小儿子因为在山上采药而躲过了这场灾祸。他们躲在山洞里，从未被食人怪发现。每当食人怪走远，他们就偷偷跑回家拿些粮食，然后再躲回山洞。妇人在山洞里抚养孩子长大，教孩子识字、唱歌、采药，培养他的勇气与智慧。

小男孩心灵手巧，会做许多小玩意儿，今天绑一张弓，明天磨一把剑。妇人每天都会叮嘱他千万不要独自出洞，食人怪就在周围出没，遇见必死无疑。可是男孩顽皮，总偷偷溜出山洞。一天，男孩带回一只大鸟，拎到妇人面前问：“它就是食人怪吗？”妇人见状，又惊又怕，连忙说道：“孩子，食人怪比这鸟大千倍万倍，凶恶可怕，你千万不可再擅自出去了！”

男孩不听，第二天，拿着磨好的新刀趁妇人不注意又溜了出去。这次他带回了一只山羊。“妈妈，你看这是食人怪吗？”男孩将背上的山羊放在地上，指着问妇人。妇人因为找不到孩子已经担心了一整天，哪管带回来的是羊是怪，紧紧抱住男孩，说：“我的孩子！你终于回来了！孩子，这不是食人怪，这是山羊。”然后妇人向男孩解释，食人怪比山羊大百倍千倍，一口能吃掉十个人。

男孩渐渐长大，越来越健壮结实，他每天都会去打猎，并且带回各种野兽，但无论带回什么，他总是会问一句：“是这个吗？”可得到的回答永远只有“不是”两个字。❶

妇人劝男孩安心生活，村子里就剩他们两人，能活下来就已经算是幸

运的了。

可男孩不甘心，食人怪吃掉了村子里善良的村民，捣毁了他们心爱的土地，让自己没有了家，过着躲躲藏藏、苟且偷生的日子，他决心要找到食人怪并消灭它。

“我的好孩子，那怪物巨大无比，我们和他斗简直是以卵击石，没有胜算呀！”❷

“母亲您别担心，我自有办法。”

男孩和母亲详细谈了自己的计划，决心第二天去和食人怪大战一场。

第二天天一亮，男孩便带着母亲来到了树林深处，爬上最高的那棵树，点燃树梢引食人怪来。

果然，食人怪远远看到有“炊烟”便上了钩。食人怪看到男孩与妇人，咧着邪恶的嘴角笑着说：“哈哈哈哈，我以为这村子里的人被我吃了个精光，没想到两个漏网之鱼自己送上门来了。”

“怎么，你能吃到我们吗？”

“嘀，真是小瞧我，你们最好现在下来，否则我就用手中的斧子砍断这棵千年老树。”

“好啊，我倒是要看看你的本事。”

食人怪见男孩如此嚣张，挥起手中的斧子向着老树砍去。同时，男孩在树上瞄准了食人怪的要害，食人怪每砍一下，他就射一箭。第一箭射中左眼，第二箭射中右眼，第三箭射中肚皮，第四箭射中左手，第

❶ 男孩不停地追问以及屡次不听话跑出洞穴去打猎，但从未受伤，甚至每次都满载而归，说明男孩勇敢、机智，也暗示着后来男孩能打败食人怪。

❷ 母亲的回答其实是默许了男孩与食人怪决斗这件事，其实母亲不是不想报仇，母亲不会忘记食人怪犯下的罪孽，只是担心孩子受到伤害所以才一再阻拦。

❶ 男孩先是挑衅食人怪，使之愤怒，然后用智慧和勇气打败了食人怪，食人怪因此甘拜下风，最终向男孩坦白解救村民的办法。在现实生活中，我们也要学习男孩这种面对困难不退缩、沉着冷静的精神。

❷ 国王没有直接和“脸人”讲道理，而是通过让“脸人”自己体验：摘下的叶子无法放回原处，“脸人”也同样没有办法回到怪物脸里面去。

五箭射中左脚。五箭之后，食人怪疼得直不起腰，心知自己必是一死，便对男孩说：“我这辈子只输给勇气和智慧并存的人，既然你打败了我，那我就告诉你，我死后，你割下我的小拇指，被我吃掉的小动物就会从那里出来，割下我的大拇指，村民就会从那里出来……”说到这儿，食人怪已经奄奄一息。“最后，最后割开我的脸，那里还有一个人。”说罢，食人怪便断了气。❶

男孩照做，割下了食人怪的小拇指和大拇指，救出了所有的动物和村民。大家围着男孩欢呼，称他为英雄，推举他做国王。在一片欢声笑语中，大家准备结伴返乡，只有那个从怪物脸里走出来的人不愿意离开，人们都叫他“脸人”。他说：“我在怪物脸里过得好好的，为什么把我取出来？把我放回去！从哪里取出来就把我放回哪里去！”众人看这人如此顽固不化，也没了法子，只好求助国王。

国王说：“不必与他争辩，到年底，他若是还想回去，我们便送他回去！”

大家回到村子后，开始耕地犁田，养猪畜牛。国王还带着村民种烟草，因为他打探到，从食人怪脸里走出来的那个人的癖好是抽烟。年底，烟草成熟，人们都在忙着丰收，“脸人”走在烟草地中间，随手摘了一片放进嘴里咀嚼，不时发出啧啧的声音。国王见状，拦住那人说：“把烟草叶子放回去，从哪里取的，就放回哪里去。”

“脸人”说：“摘下来哪还有能放回去的道理？”

“这样，你若是能将烟草叶子放回原处，那我便也送你回到食人怪脸里去，怎么样？”

“这……”

“脸人”无话可说，从此之后便在村子里安分度日。❷

富有勇气和智慧的国王深受人们爱戴。国王与食人怪的故事也在村子里世代相传，故事里的国王成了孩子们最崇拜的偶像。

日积月累

苟且偷生　漏网之鱼　奄奄一息　顽固不化　癖好

延伸思考

如果你是国王，你会如何应对“脸人”？为什么？

《天命书版》之战

名师导读

我们每个人不仅作为个体，更是作为整体的一部分生活在社会集体中，当集体面临危险时，个体和集体该如何发挥各自的作用？下面这则故事会给你启示。

相传太古时期，天界有一个神物叫《天命书版》。谁拥有《天命书版》，谁便是能支配世间万物的众神之首。

那时，《天命书版》被藏在尼布鲁城的圣峰神殿，由一只名叫“斯”的大鸟看守。圣峰神殿是供奉恩利卢大神的地方，也是恩利卢大神与其他大神举行众神会议的场所。

一次偶然的机会，鸟怪斯从众神那里听说了《天命书版》的神力，自此心生夺取神物一统天界的念头。

终于，鸟怪斯等到了一个绝好的机会。一天，趁恩利卢大神沐浴的空闲，鸟怪斯用爪子抓住被随手放在宝座上的《天命书版》，一鼓作气飞回了圣峰。

恩利卢大神发现此事后立即召集众神商议此事。

“擒斯者，永流传！”天神昭告天下，广招勇士，捉拿鸟怪斯。

众神纷纷推荐雅达德，但雅达德为难地对天神说：“根本就没人能登上圣峰，我也不行……况且，手握《天命书版》，谁能打得过……要是反抗，没准儿会被变成一抔泥土，我不去。”

众神听到以勇敢著称的雅达德都这么说，更是害怕得瑟瑟发抖。紧接着几位被推荐的大神也纷纷退让，无人领缨，更加剧了人心惶惶的氛围。

最终，众神决定请出隐居千年的智慧之神叶亚。叶亚了解了事情原委后，接受了去找勇士的任务。

叶亚想请一个叫尼奇鲁斯的大神来抓鸟怪斯，而尼奇鲁斯最顺从其母神的指令，于是叶亚在去找他之前，先去拜访了他的母神玛哈女神。叶亚在玛哈女神面前对尼奇鲁斯大加赞扬，说：“尼奇鲁斯才是最有能力、唯一能战胜敌人的大神，他能拥有七种风作为武器，这简直千年罕见。”玛哈女神听了十分高兴，将尼奇鲁斯唤到跟前，对他说：“我的孩子，只有你用那七种风的武器才能打败鸟怪，拯救天界。去吧！我会在一旁辅助你。这一战，为你自己留名青史，也为咱们天界的安宁！”

尼奇鲁斯果真对母神的话深信不疑，他马上起身，前往圣峰。

尼奇鲁斯在圣峰脚下便与鸟怪斯相遇，那鸟头顶白昼之光，所到之处，都被光明笼罩。

“好一个尼奇鲁斯，真是有勇气，你难道不知道我现在手握《天命书版》，拥有统治万物的权力吗？怎么还敢跑到这里和我对抗？”鸟怪斯并不惧怕面前的这个众神代表。

“智慧之神叶亚助我提升了神力，我今天来就是要夺回《天命书版》，还天界安宁！”

说着，尼奇鲁斯驾着配有七种风作为武器的战车冲向鸟怪斯，同时，众神都涌出来，用各自的神力在一旁辅助他——雅达德的雷声让鸟怪斯毛骨悚然，玛哈女神的暴风让鸟怪斯睁不开眼……

尼奇鲁斯趁机对着鸟怪斯举起弓箭，瞄准！拉弓！放箭！

“箭矢转向！”不料鸟怪斯竟然闭着眼感受到了箭矢的逼近，动用《天命书版》的神力使飞向自己的箭转向回飞！无论谁怎么瞄准，箭矢都伤不到它。

叶亚见情况不妙，叫雅达德传话给尼奇鲁斯：“用强风进攻它的翅膀！它的翅膀是弱点！控制住翅膀后，割断它的喉咙！”

尼奇鲁斯已精疲力竭，但为了天界，为了保护心爱的母亲，他仍然坚持着。听到叶亚的传话后，他重燃信心，怒吼着将七种劲风一齐向鸟怪斯的翅膀吹去。果不其然，鸟怪斯的双翅折断，不能在空中飞翔了，此时，众神一拥而上，制服了它。

终于，经过一番血战，《天命书版》重回神殿，尼奇鲁斯成为勇士，天界恢复了以往的安宁。

日积月累

一鼓作气　毛骨悚然　精疲力竭

延伸思考

尼奇鲁斯为什么作为众神代表出战？他的勇气来自哪里？

葫芦孩子

名师导读

我们常说“忆苦思甜”，意思是回忆过去的艰苦，珍惜当下的幸福。苦难在人们的成长过程中扮演了很重要的角色，忘记苦难会让人们沉溺于短暂的幸福而停滞不前，甚至会让人们失去已经拥有的财富。下面这则故事就生动地讲述了这个道理。

传说，在乞力马扎罗山的冰雪之巅住着一位神秘的山神，他法力无边，能济世救人。山脚下的农妇听说后便早晚朝着山巅祭拜，祈求山神能赐给她一儿半女，让她过上有人说话、有人关心、有人帮忙分担生活劳务的日子。

时间一天天过去，农妇将祭拜当作了习惯，并未想过有一天自己的祈求能成真。一天，农妇正在葫芦地里耕作，突然有个陌生男子出现在她的面前，说道：“我是山神派来的精灵使臣。山神让我告诉你，你的愿望他已经知道了。你只需要细心照顾这些葫芦，你的愿望便能成真。”说完，男子便化成一缕青烟不见了。农妇心神恍惚，不知自己是在梦里还是在现实里，她用力掐了掐自己的手臂，“啊——”的一声叫了出来。“我不是在做梦……”农妇兴奋极了，决心要好好照料这一块葫芦地。

农妇每天给葫芦们浇水、除草、松土、施肥，就这样度过了整个夏天。终于到了秋天，葫芦渐渐成熟。

除了葫芦地，农妇还有其他农田需要打理。每天一早，她便扛着锄头出门，直到天色将黑才回到家。一天，农妇回到家后发现家中十分整齐干净，像是有人打扫过一样。水缸里接满了泉水，灶台下塞满了柴火，餐桌上摆满了食物……农妇十分纳闷，实在想不出缘由，便去问了邻居。邻居说："你不知道吗？你家今天有好多小孩进进出出、忙里忙外呢，是哪家亲戚的小孩这么懂事？"农妇这下更迷惑了，自己无亲无故，哪里来的亲戚家的孩子？于是她打算第二天躲起来看个究竟。

第二天清晨，农妇一如往常扛着锄头离开家，但她并没有去田里，而是躲在了家门外的围栏后偷偷观察。果然，过了不久，家里出现了好多小孩儿。农妇惊讶极了，定睛一看，发现这些小孩都是自己种的那些葫芦变来的！想到精灵使臣说让自己好好照料葫芦地，农妇恍然大悟，原来这些葫芦孩子是山神派来陪自己的。农妇激动地跑进家去，对着忙碌工作的葫芦孩子们说："谢谢你们，可爱的葫芦孩子，谢谢你们来陪我，我真是太开心了。"农妇开心得合不上嘴，可葫芦娃娃们好像听不见她说话一般，只是埋头干活儿。傍晚，葫芦娃娃们在其中一个葫芦的命令下又都变回了葫芦，那个指挥其他小葫芦的是最早成熟的葫芦娃娃，名叫"其台"。见其台每次都要让其他小葫芦变回去，农妇实在不忍心。有一天她拦住其台，说："不要让他们走了，你们都留下，你们是我种出来的，都是我的孩子。"从此，农妇便和这群葫芦孩子们同吃同睡，生活在了一起。

葫芦孩子们十分勤劳能干。在他们的帮助下，农妇很快就开辟了更多耕地，还养起了牛羊，成了山脚一带最富有的人家。

可农妇对葫芦

❶ 变得富足的农妇把帮她实现这一切的葫芦孩子们彻底抛到了脑后，这前后态度转变的对比，凸显了农妇的自私和不知感恩，不过这种自私的行为注定会让她付出相应的代价。

❷ 不知感恩、违背诺言的农妇最终没有好结果，寓意着非洲人民对心怀感恩、遵守承诺的重视，对真善美的朴素追求。

孩子们的态度越来越恶劣。刚开始，葫芦孩子们被农妇捧在手心当作座上客，吃着美味健康的食物，生活十分悠闲。可渐渐地，农妇不再把葫芦孩子们当作孩子，而是把他们当作劳工。她为了省下那一点点粮食，不给葫芦孩子们足够的食物，甚至对其台指指点点，又打又骂。❶

一天，其台在灶台边上工作，农妇自己没有注意，被其台绊了一跤，摔得不轻。农妇又疼又气，张口就骂："你这个破葫芦，怎么这么碍事！信不信我一脚把你踩碎！"其台一听到"葫芦"两个字便瞬间变回了葫芦，一动不动，其他葫芦孩子见其台变了回去，也纷纷变回葫芦。原本忙忙碌碌、热热闹闹的家一下子变得寂静无声了。

由于农妇对葫芦孩子不疼、不爱、不尊、不敬，得罪了山神，山神收回了葫芦孩子，任凭农妇怎么求情都没有用。

渐渐地，农妇的大片土地因为无人耕作而抛荒，

成群的牛羊走散……农妇一天天变老，孤独寂寞，生活不能自理，十分窘迫，最终在悔恨和贫穷中结束了自己的一生。❷

日积月累

心神恍惚　恍然大悟　开辟　抛荒

延伸思考

如果你是农妇，你会如何对待这些葫芦孩子？

雷神的新娘

名师导读

自然界中的生命离不开雨水和阳光，而雷神是负责打雷降水的天神，非洲民间故事中当然少不了关于他的故事。你知道这位重要的天神有一位什么样的新娘吗？阅读下面这则故事，你就会有所了解。

卢旺达久战不息，国家几乎所有的男子都去前线打仗，留下妻儿们看守家园。有一个妇女，她的丈夫也去参了军。一天，她突然感到浑身乏力，十分虚弱，体温极低，在床上动弹不得。可她孤身一人在家，无人能唤。于是她只好在心中虔诚地祈祷："祈求天神，哪怕是天上的雷，请来救救我吧……"她几乎要昏过去了。正在这时，空中突然聚起了一大团乌云，乌云里电闪雷鸣，十分吓人。雷声越来越大，吓得女人不敢睡觉。迷迷糊糊之中，她仿佛看到有个手握巨斧的天神从乌云间走下来。天神一挥斧头，家中壁炉里的柴火便燃烧了起来。

女人的身体渐渐回暖，神志也渐渐恢复。她定睛一看，发现身边站着的竟然是天上的雷神。雷神见女人醒了，便问："我救了你，你要怎么回报我呢？"女人难以相信眼前的一切，惊得说不出一句话，只是呆呆地望着雷神。"那这样，你将未来的女儿嫁给我如何？"雷神说。女人大脑一片空白，半晌憋出一个"嗯"字。雷神见女人点头同意，便转眼间消失不见了。❶

战争终于结束了，女人也终于盼到丈夫归来，不过此时她早将与雷神的约定忘得一干二净了。直到在生了两个儿子又生了小女儿米萨克时，她才突然想起多年前和雷神的约定。她赶忙将事情的原委告诉丈夫，丈夫听后也一时不知所措。最后他们决定等女儿稍长大些便不让她出门，以保证她的安全。

一天，女人突然发现五岁的小女儿米萨克一笑就会吐出各式各样美丽的宝石，女人见状急忙告诉了丈夫。丈夫惊呼："这必定是雷神在送彩礼，要跟女儿订婚！"❷

日子就这样一天天过去，一晃眼，米萨克已经是十五岁的亭亭少女了。自从米萨克五岁开始吐宝石，父母便将她关在房子里保护起来。米萨克为此十分苦恼，因为她十分羡慕可以在外面到处玩耍的小伙伴们。一天，米萨克的一群好姐妹叫她一起去挖白土玩，米萨克犹豫许久后答应了。那天她的父母恰巧要去离家很远的一块田地耕作，父母前脚离开，米萨克后脚便溜出房间去找那群小姑娘了。

米萨克和朋友们正在旷野上追逐玩闹，十分开心，突然天上聚起一大片乌云，刚亮没多久的天仿佛一下子又回到了午夜时分。黑压压的乌云越积越厚，越来越压近地面。忽然，云里走出一个手握巨斧的天神，竟然还喊着米萨克的名字。孩子们都吓坏了，无人作声，雷神便施法让乌云在天上变幻各种形状来逗小姑娘们笑。米萨克一笑，嘴里便掉出宝石来。雷神一眼便发现了她，将她带到天上去了。❸

❶ 在雷神的帮助下，女人身体的疼痛缓解了，不过她为此要付出相应的代价。可世界上哪有一个母亲愿意拿自己的亲生骨肉做交易呢？接下来看看这个女人会怎么做。

❷ 这是故事的转折点，"吐宝石"也是整个故事的关键线索。

❸ "吐宝石"的特征使雷神从众人中认出了米萨克。

❶ 男孩说出母亲“吐宝石”的特征使他迅速得到了米萨克家人的信任，从而及时救米萨克于危险之中。

米萨克害怕极了。雷神虽然掌握着宇宙的雷电，但个性温柔，对米萨克十分友好亲切。米萨克在雷神的悉心照料下渐渐习惯了天上的生活。后来两人结为夫妻，共同养育了两个男孩和一个女孩。看着可爱的女儿，米萨克想起了自己的母亲。当初母亲也是这样疼爱自己，保护自己。米萨克想家了，她想回去。雷神知道后便帮着收拾行李，并且派一队随从保护她回家。雷神将米萨克送到地面，分开前多次嘱咐她不要为了走近道而走荒僻之处。

然而许久不曾在人间生活，米萨克对周围的一切都不再那么熟悉，更何况天上的随从是第一次来人间，所以没走多久，他们便迷了路，走上了荒僻小径。真是祸不单行，他们遇上了食人怪。食人怪抢走了他们所有的食物，还吃掉了米萨克的随从。米萨克趁随从们抵抗的间隙，告诉大儿子：“朝着不远处的村子跑，坐在院子里的灰堆上的长者是你的外祖父，练习射箭的小伙子是你的舅舅，照看奶牛的男孩是你的表兄，待在茅屋里的老妇人是你的外祖母。告诉他们，笑起来会吐宝石的人是你母亲。

带他们来救我和弟弟妹妹，快去！”男孩听从母亲的话，趁食人怪不注意，从它身后绕过，拼命跑向那个村子。他按照母亲的嘱咐，将母亲和弟弟妹妹遇到危险的事情告诉了外祖父等人。他们一听米萨克有危险，二话不说，拿起武器，牵着猎狗便出发了。❶

男孩在前面带路，将他们带到食人怪面前。年轻人用长箭射中了食人怪的眼睛和手臂，食人怪随即倒地不再动弹。食人怪死前说：“砍掉我的脚趾，物归原主。”于是年轻人用巨斧砍掉了它的脚趾。果然，之前被它吃掉的随从们都毫发无损地从伤口处走了出来。

米萨克终于和家人团聚了。不过此次见面，米萨克不再是那个十五岁的少女，而是三个孩子的母亲了，她的父母也不再是能上山下地的中年人了……米萨克告诉他们，自己在天上过得很幸福，雷神对她很好，她每天都很快乐。

幸福团聚的时光总是那么短暂。一个月后，米萨克也该回天上了。父母为她准备了许多家中的特产，米萨克的哥哥背好了弓箭准备护送她。

就在这时，天上聚起了一大片厚重的乌云。大家知道，是雷神来接米萨克了。家人们都很舍不得她，但是他们知道，米萨克在天上也会幸福地生活着。

日积月累

乏力　半晌　悉心　祸不单行

延伸思考

谈谈你对米萨克“吐宝石”的特征是好还是坏的看法。

雷神的礼物

名师导读

雷神是一位十分重要的天神，他为人间万物的出现做了很大贡献。与其说是贡献，不如说它们是雷神给人间的礼物。阅读下面这则故事，看看这些礼物都是些什么吧！

雷神是众天神中负责雷电的大神。他的眼睛是神秘的星空；闪电便是他发怒时犀利的目光；他所到之处，必然是狂风暴雨。

阿玛创世后，世间只有一个男人和一个女人，没有其他生物。他们过着十分简单的生活——饮朝露，食野果，无兽可猎，无田可耕。

雷神看着这两人单调的生活，决定派当时天界最大的鸟——蜂鸟送给他们三个礼物，希望这些礼物能使他们的生活更滋润，从而帮助人类繁衍后代，使广阔的大地热闹起来。雷神将三个礼物装在被掏空的三个大南瓜里，多次叮嘱蜂鸟在见到男人和女人之前，切勿打开南瓜盒子，否则后果不堪设想。蜂鸟答应了。

从天界到大地是一段漫长而枯燥的路程。蜂鸟多次想偷偷看一眼南瓜盒子里到底装的是什么神秘礼物，不过一想到雷神的警告——“否则后果不堪设想”，便打消了念头。可是路程实在太无聊，蜂鸟终于还是打开了南瓜盒子，自言自语道：“看一眼应该没关系吧。”打开第一个盒子，蜂鸟看到了土豆、玉米、小麦、棉花等粮食的种子；打开第二个盒子，蜂鸟看到了香蕉树、枣椰树、咖啡树等许多树木的根。蜂鸟有点失望，心想也不过是些种子罢了，算什么礼物，便不打算去看那第三个盒子。不过就在这时，第三个盒子突然摆动起来，好像里面有什么活物在冲撞。蜂鸟兴奋极了，好奇心再次被点燃。它刚将第三个盒子的盖子轻轻掀开一条缝，里面的疾病、死亡、野兽便冲了出来，在人间四散开来。短短的时间，它们便开始在人间各处作乱，一时间哀鸿遍野。

蜂鸟害怕极了，如果不是自己好奇心太重做了错事，人间也不会这样。于是，它将雷神的礼物交给男人和女人后便躲了起来，不敢回天界，更不敢去见雷神。

最初，男人和女人利用雷神的前两个礼物过上了定居生活——自耕自作，自给自足，生活还算惬意。人类很快繁衍起来。不过好日子没过多久，疾病、死亡、野兽便纷纷来袭，人们十分恐慌，毫无招架之力。很快，人类的数量骤减。无计可施的人类只好祭拜天神，虔诚地祈祷。❶

雷神听到人类的祈祷后便赶到人间，亲自教给人类如何辨别草药治愈疾病；如何生火煮饭将食物做熟；如何搭屋建房以躲避野兽；如何搓麻织布，缝衣制帽抵御风寒……人类掌握了这些生存技能后，便不再需要雷神的庇护，有能力自己团结起来抵抗灾害和危险，终于又过上了幸福快乐的日子。

安顿好人类，雷神还要让蜂鸟受到应有的惩罚。

❶ 当身处绝望的境地时，人类就会转向寻求精神的寄托，从精神信仰那里获得继续生存下去的力量。在神话故事中，天神听到人类的祈祷会下凡解救，但在实际生活中，我们必须有自己重新面对困难的勇气。

雷神用他那犀利的眼神放出闪电照亮整个大地，找出了蜂鸟的藏身之处。蜂鸟见事情败露，十分害怕，颤抖着向雷神求饶。雷神毫不留情面，将这只天界最大的神鸟变成世间最小的鸟，永世飞不上天界，还要受其他鸟类欺辱，除了花苞无处藏身，变成真正的“蜂”鸟。

日积月累

犀利　不堪设想　哀鸿遍野　惬意　庇护

延伸思考

你如何看待蜂鸟误将“疾病、死亡、野兽”放到人间这件事？

海怪马雷诺科和两姐妹

名师导读

天神和人类之间也不全是合作的和谐关系，民间也流传着一些堕落的天神化身妖怪在人间为非作歹，而勇敢的人类与这些力量强大的妖怪对抗的故事。下面就是一个关于两姐妹联手对抗海怪的故事。

很久以前，世间没有男人，只有一对双生姐妹。姐姐叫米拉，妹妹叫迈雅。姐妹俩形影不离。

她们在森林里觅食，但不管她们怎么放轻脚步，总是会弄出沙沙的声响。周围的动物都十分机敏，这一点点声响足以惊动它们。“这可怎么办啊？照这样下去，咱们什么都抓不到，”迈雅有点垂头丧气地说，“要不，咱们分开走试试？我走这条，你走那条，这样我这边惊到的动物就会跑到你那边。”

“不行不行，咱们千万不能分开。一旦分开，海怪马雷诺科就会来抓人，被抓走的永远回不来！”米拉坚决不同意分开行动。

就这样，米拉和迈雅手牵着手继续往森林深处走。突然，她们眼前出现了一些奇怪的景象——周边的树木被压倒，土地上没有一棵野草，石头都被碾碎了。“是马雷诺科！”米拉告诉迈雅，“我们要到海边了。”

马雷诺科是住在海里的海怪，不过它的家其实是在天上。它每次从海里回到天上都会引发一场飓风或者海啸，将周围的树木卷倒，将野草连根拔起，岩石也会被碾碎。直到它回到天上，飓风和海啸才会渐渐平息。

米拉和迈雅穿过森林来到了海边，这时候天色已经暗下来。从那一片狼藉来看，海怪马雷诺科应该已经离开，因此她们决定在海边留宿。米拉找来许多干燥的树枝生起火来，迈雅则在海滩边捡些小鱼、小蟹。渐渐地，太阳彻底沉入海面以下，有些阴云的晚上黑得伸手不见五指。米拉不停地往火堆里添树枝以保持光亮。突然，火苗开始疯狂跳动，随时都有熄灭的危险。海风越来越狂，卷着砂砾，发出悲鸣一般的呼啸。然后，火苗突然熄灭，最后一点光亮也消失了。米拉

❶ 米拉将辛苦捡到的所有小鱼小蟹都丢向大海，说明此时她内心其实是害怕的，但为了自己和妹妹，她可以牺牲掉劳动成果。

❷ 妹妹迈雅很想做点什么，最后她选择勇敢地独自前去面对马雷诺科。

和迈雅在黑暗里一动不敢动，紧紧抓住对方的手。

“是马雷诺科。”迈雅颤抖着小声说道。

“不要害怕。”米拉轻声安慰迈雅，然后冲着海的方向喊道，“马雷诺科，我们知道是你！你不是饿了吗，我们把所有的小鱼小蟹都送给你吃！”说着，米拉将身边的小鱼小蟹奋力丢向大海。可海风不见减弱，海浪也越来越汹涌，渐渐地淹没了姐妹俩的双脚、膝盖……海浪不断向她们扑来，不一会儿姐妹俩浑身都湿透了。❶

“我们逃不掉了，一旦被马雷诺科看见，就根本不可能跑掉。”米拉说。

“那咱们怎么办？真的要被它带到天上去永远不能再回来吗？”迈雅紧握着姐姐的手问道。

“不，马雷诺科只是太孤单，它想要我们在这海里陪它。”

“那我去。”迈雅放开姐姐的手，扭头走向大海，没几步便消失在黑暗里了。米拉站在原地，等待妹妹归来。❷

这时候，狂风暂歇，世界安静得瘆人。

但米拉一点也不害怕了，因为她知道，妹妹迈雅正在和海怪勇敢地斗

争。等待的时间十分煎熬，米拉在海边来回踱步，不时向妹妹离开的方向张望。终于，她看到迈雅拖着疲惫的身体向自己走来。米拉跑过去抱住迈雅，两人紧紧拥抱在一起，哭了起来。

可让她们没想到的是，潮水又涨了起来。海怪马雷诺科不愿放过她们姐妹俩。米拉和迈雅已经来不及逃跑——一层又一层巨大的海浪向她们压来，海浪携着沙子，将她们俩拍倒在沙滩上。未等两人站起来，又是一个巨浪。这下，两人都被掩埋了。

千百年后，埋着两姐妹的海滩边长出了两棵棕榈树：一棵很高，结着许多果实；另一棵比较矮小，叶子很大很绿，但从不结果实。住在岛上的人将高的那棵叫作高果棕榈树，顾名思义就是长得高且结果子的棕榈树；把矮的那棵叫作丛林棕榈树，意思就是像丛林里的树木那样矮小葱绿的棕榈树。

但没人知道，那其实是米拉和迈雅两姐妹的化身。

日积月累

形影不离　狼藉　瘆人　踱步

延伸思考

为什么海滩边长出的两棵棕榈树不一样呢？

三兄弟和女妖

名师导读

在成长的道路上，我们会面对很多诱惑，那么该如何保持理性呢？下面这则故事就讲述了三兄弟在面对诱惑时的不同表现，相信会对你有所启示。

酋长有三个儿子，老大壮实威猛，老二英俊活泼，老三沉稳勇敢。

一天，他们对父亲说：“我们已经长大，是时候去外面的世界闯荡闯荡，开开眼界了。”酋长虽然担心儿子们在外的安全，但被儿子们的勇敢精神所打动，便同意了他们离家外出。

酋长告诉兄弟三人，要想离开村落去往更大的世界，首先他们要穿越一片神秘的树林，但是千百年来村子里从未有一个人成功返回。那片神秘的树林里有食人怪出没，十分危险。这些食人怪不但凶猛可怖，而且常常变化成人的样子，令穿越者很难辨别。它们善于利用人性的弱点，穿越者往往会被其蛊惑，死得不明不白。

“所以啊，”酋长拍拍兄弟三人的肩，语重心长地说，“孩子们，你们一定记住，千万不要同任何可疑的人交谈，三人务必同行，切忌单独行动。”

“记住了，父亲。”兄弟三人齐声回答。

离家的第一天，兄弟三人谨记父亲的叮嘱，一路小心行事，一切都很顺利，别说是食人怪或是野兽，整个树林除了他们自己，什么都没见着。直到傍晚时分，三个身形妖娆的女子有说有笑地从树林深处走来，她们个个面容娇媚。第一个女子的双眼始终暧昧地望着老大，她与老大擦肩而过时在他耳边轻声说：“你好呀，我的丈夫。”老大被女子说话时扰动的空气酥得浑身发颤，又高又壮的身体瞬间没了力气，瘫软在了背后的树旁。第二个女子的双眼始终盯着老二，她路过老二身边时在他耳边轻声说：“你好呀，亲爱的。”老二被女子甜美的声音迷倒，顿时一动不敢动，仿佛变成了一块木头。第三个女子最为可爱、动人，她朝着老三的方向走来，在他耳边娇羞地呢喃：“你好呀，我的小心肝儿。”但是，老三在女子开口前便将耳朵捂上了，不管那女子在耳边重复说几遍都不为所动。❶

姑娘们跟着兄弟三人继续赶路，不一会儿，他们来到了一座木屋前。姑娘们拉着兄弟三人进屋休息，说什么都不让三人走，热情地要留他们过夜。原来，这木屋是姐妹三人的家。姑娘们给兄弟三人安排好床铺和房间后便开始准备晚餐，她们采来许多新鲜的食材，做了一顿大餐。赶了一天路的兄弟三人都累坏了，老大、老二端起饭碗狼吞虎咽，只有老三端坐着不动碗筷，坚称自己不饿。吃饱喝足的老大、老二很快便有了睡意，早早休息了。老三见平日精力旺盛的哥哥们今天如此疲惫，便心生疑惑，尽管路途坎坷，但哥哥们不至于累到沾到枕头就睡着，因此老三对三个姑娘的戒心一点都不敢降低。❷

深夜，老三听到房间外有谈论声，便将耳朵贴在门上听——

“就明天晚上，我要留下那个最高最壮的男子的手指，穿成项链。”第一个女子说完捂着嘴“咯咯咯”笑起来。

“那……”第二个女子紧接着说，“那我要留下那个最英俊的男子的一只耳朵，当作纪念。”

“哼，”第三个女子对两个姐妹的话不以为然，凶狠地说，“我要一口吃了那个只会捂耳朵的呆瓜。”

老三被三个女子的对话吓得不敢出声，第二天天一亮便赶忙叫醒哥哥们，告诉了他们自己听到的一切。“她们不是什么乡村民女，是食人怪啊！”老三拉着哥哥们的手臂，着急地说，“咱们得赶紧走！”哥哥们对弟弟的话将信将疑，那些女子看起来那么温柔娇弱，还说要做他们的妻子，怎么会是食人怪呢？正当哥哥们犹豫不决时，老三继续说道：“哥哥们，你们还记不记得父亲说过，食人怪会变化成人的样子蛊惑我们，这些女人一定是食人怪变的，再不逃咱们都得被吃掉！”哥哥们总算被说服了，准备起身离开。

兄弟三人还没跑多远，姑娘们就追了上来。第一个姑娘撕心裂肺地哭喊着：“你这无情的丈夫，定是听了旁人的挑拨，竟要弃我而去！”老大听到女子的哭诉，实在不忍，便停下脚步回头张望。第二个姑娘哭得更让人心碎，老二心疼极了，竟准备往回走。只有老三捂着耳朵埋头向前跑，不管第三个女子如何哭喊都不回头，不停下脚步。

老大、老二万万没有想到，自己眼中温柔可人的“妻子们”竟然真的是吃人不眨眼的妖怪，只可惜他们二人已经被食人怪活活吞掉。❸

老三连夜跑回村子找到父亲，告诉父亲自己经历的一切。父亲告诉老三藏在家中，那食人怪定会追上来，到时候他来应对。

果然，第二天傍晚那女子便找上门来，大喊着说

❶ 这里三兄弟面对女色的不同反应暗示了后面三人的不同结局。

❷ 面对突然袭来的热情，一向沉稳的老三肯定这其中必然有蹊跷，然而问题出在了哪里，还得待他仔细观察之后才能做出正确的判断。

❸ 粗心、鲁莽的老大和老二被两位姑娘的诱惑冲昏了头脑，最终还丢了性命，真是可悲至极。而沉稳的老三成功地逃脱了魔爪。

自己是来寻夫的。

酋长借着银白色的月光仔细观察女子的容貌，果真倾国倾城，不过那薄唇间露出的獠牙暴露了她食人怪的身份。“哦！”酋长热情地迎上前去，对女子说，“我都听我那小儿子说了，我打算让他和你这个可爱的姑娘今晚就成婚。”酋长拉着女子到旁边的座椅边，让她坐下，说：“你啊，少安毋躁，我这就去找鼓手乐手，给你们俩操办婚礼。”说罢便起身往村里去了。

事实上，酋长是去村里找人帮忙，因为食人怪真的很不好对付。他们齐心协力在屋前的空地上挖了一个巨大的陷阱，在上面覆上草，在陷阱后面还放了一把极为华丽的座椅。“好了，一切都准备好了，新娘子出来见见乡亲父老，接受大家的祝福吧！”酋长对等候多时的食人怪说道。

房前的草地上真是热闹，聚满了人，有的敲锣打鼓，有的载歌载舞，仿佛真的是一场宴席。这时，围观的村民们大声起哄：“新娘！入席！新娘！入席！”女子毫不害羞，提起裙子，昂着头便向座椅走去。不料，还未等她走到座椅前，便掉进了陷阱，被早早潜伏在树上的弓箭手乱箭射死了。

日积月累

蛊惑　呢喃　不为所动　狼吞虎咽　撕心裂肺　挑拨　倾国倾城　少安毋躁

延伸思考

如果你是酋长，你会怎么对付追来的女子？

太阳与月亮的故事

名师导读

太阳和月亮是我们每天都会见到的两个天体。在非洲民间故事中，太阳和月亮是两兄弟，他们最初并不像我们现在看到的这样轮流看守白天和夜晚，后来到底发生了什么样的故事呢？

太阳和月亮分别是天帝的小儿子和大儿子。当初天后早逝，是天帝辛苦将两个孩子抚养成人的。

天帝年岁渐长，预感到自己大限将至，便将太阳和月亮叫到身边安顿后事。天帝满眼慈爱地望着两个孩子，摸摸太阳的头，对着月亮说："孩子，长兄为父，以后我不在了，你这个未成年的弟弟就由你来照顾了。"说罢，天帝拍拍月亮的肩。

"父亲您放心，"月亮有些哽咽，低着头回话，"我一定好好照顾太阳弟弟。"

"父亲相信你。所以，父亲打算让你代替太阳保存属于他的那一半遗产，等他成年了，你再交给他。"说完，天帝便仙逝了。

天帝去世后，太阳一直住在月亮的宫殿里。可月亮不仅没有像在父亲面前应允的那样悉心照顾太阳，竟然还在妻子的怂恿下心生霸占整个天界和天帝财产的念头。因此，他不再提及天帝仙逝前交代给他替太阳保存财产的事。

太阳在兄嫂的宫殿里过得十分凄惨，还不如一个仆人，每天干各种活，还要挨打受骂，连宫女和侍卫都敢欺负他。太阳忍气吞声，决心成年后拿着父亲的遗产离开月宫，重新开始自己的人生。可当他好不容易熬到成年时，月亮却一口否认替他保存父亲一半遗产的允诺，还大放厥词：“我是先帝长子，理应继承所有财产。你若是有什么非分之想，小心不得好死！”

太阳看着眼前面目狰狞的兄长，更坚定了要离开月宫的决心，便隐姓埋名逃到了邻国。邻国王宫正好缺一个牧羊人，太阳便被雇去喂养羊群。有了太阳这个牧羊人，邻国的羊儿们长得又肥又壮，产的羊毛又多又暖和，整个王宫的人都十分喜爱这个勤快能干的年轻人，这其中当属国王的女儿对太阳最为喜欢。国王也看出了女儿的心思，便有意将女儿许配给太阳。太阳十分感激国王和公主对自己的抬爱，他再也无法隐藏自己的真实身份，便诚实地向他们坦白了自己就是邻国的先帝之子太阳的事实。

国王知道后一脸疼惜地看着太阳，心想这孩子小小年纪便父母双逝，刚刚成年又独自闯荡，十分不易。加之他是邻国先帝之子的身份，国王对他更是大加赞许。于是第二天，国王便为公主和太阳操办了一场盛大的婚礼。按照天界的习俗，跨国新人理应在成婚后第二天回国省亲，于是国王准备了一批最为肥美的牛羊让太阳带回国去。

太阳谢过国王、辞别朋友后，带着妻子回到了故国。多年后重归故里，太阳感慨良多，他带着妻子走遍了自己小时候同父亲母亲游历过的每一个地方。

“你说谁回来了？”听闻太阳归来，月亮十分惊讶，直接从宝座上站了起来，“现在就去把他给我‘请’回月宫，我倒要看看他混得怎么样。”月亮派手下去搜查太阳的位置，将他请回月宫。

善良的太阳早已忘却了旧怨，只将月亮视为久别的兄长，因此月

亮的手下找到他时，他毫不犹豫便答应了前往月宫一聚。❶

太阳一手牵着心爱的妻子，一手拿着赶羊的旗子，后面跟着一群肥美的牛羊，风风光光地走进了月宫。月亮看到太阳如此幸福，心里十分嫉妒，而这嫉妒渐渐变成了仇恨，甚至让他产生了杀害太阳的歹念。

一天，月亮佯装跟着太阳去放羊，来到草场后装作突然想起什么的样子，拍了拍脑袋对太阳说："瞧我这记性！弟弟，我原本是要带你去一个土盐坑，我听说啊，那里的土盐富含矿物，可以让牛羊长得更健壮！"

"那太好啦，若是不远咱们现在就可以去！"太阳对月亮兄长的话毫无防备之心。

"不远不远，我这就带你去。"月亮表面镇定，其实内心早就万分狂喜，心想这下太阳可必死无疑了。

两人来到土盐坑，太阳毫不犹豫地跳下去，开始挖土盐，月亮站在高处，举起旁边的巨石狠狠地朝太阳砸去，太阳立即倒地，不再动弹。月亮见太阳倒下，还不死心，又向其扔了几块小石头，直到确认太阳已经死去。

月亮想着太阳那些肥美的牛羊都将属于自己，高兴得不得了。但他还是强忍着欢喜，装出一副悲痛的样子回到了月宫。他找到弟媳，哽咽着说："弟媳，太阳他……太阳他……"❷

公主看月亮吞吞吐吐、神情慌张的样子，突然有

❶ 太阳此时还将月亮视为兄长，认为两人之间还有情分。这为后文太阳对月亮毫无防备之心，轻易落入陷阱的遭遇，埋下了伏笔。

❷ 月亮只想不劳而获，将太阳的一切据为己有，还暗自窃喜，这种行为真是可耻。在外人面前他又极好地掩藏住了邪恶的内心，展现出自己慈悲的一面，可他忽略了一点，那就是纸终究是包不住火的。

一种不祥的预感，急忙追问：“太阳怎么了？我亲爱的丈夫怎么没跟你一起回来？”

“对不起，我没能把太阳带回来……他在土盐坑挖土盐时不慎被滚落的巨石砸中……”月亮假装低下头抹眼泪，停了停继续说道，“事情发生得太突然，我实在没有来得及救他……”

公主不死心，让月亮带她到土盐坑去，她要亲眼看到丈夫的尸体。公主来到土盐坑，一看到被压在石头下的丈夫便瘫软在地，失声痛哭起来。这时，她突然想到父亲曾向她提过的一个起死回生术，这个法术十分耗费精力，但也是救太阳的最后一丝希望。于是她在太阳身体的每个部位都切下一块肉，偷偷带回家中，将其放在一个圣洁的葫芦里，每天往里面放些上好的牛肉和新鲜的羊奶。三个月后，葫芦胀破，太阳竟然完好无损地从里面走了出来，仿佛新生了一般。公主看到死而复生的丈夫开心得说不出话来，只是捂着嘴不住地流泪。太阳看到为自己费尽心血、憔悴了不少的妻子，满眼心疼，两人紧紧地拥抱着，再也不愿分开。太阳告诉妻子，自己其实并非被滚落的巨石砸伤，而是被月亮蓄意谋杀的。妻子听后十分震

惊和害怕，因为按照天界习俗，弟弟去世，弟媳服满丧期便要再嫁其兄，也就是说，她将成为月亮的妻子！

太阳紧紧抱住妻子，轻声说：“相信我，有我在，我一定不会让你嫁给月亮。”两人经过商量，为了避免月亮再生邪念，决定让太阳先躲在家中休养，等到婚礼那天，众神皆在之时，再揭开月亮的真面目。

当众人都沉浸在太阳去世的悲痛中时，月亮却早早地做好了迎娶公主的准备，每天都期待着服丧期满的那天。那一天终于到来，众神纷纷带着家眷和礼物到场。正午时分，邻国国王走上花坛准备致辞：“感谢众神到场参加我小女……”国王话未说完，众神皆因公主的入场而震惊，因为牵她入场的不是别人，正是前不久去世的太阳！

“对不起父亲，”公主和太阳走到花坛上，紧紧抱住父亲，轻声说，“我今天不能嫁给月亮，等会儿让太阳向大家解释原因吧。”

“父亲相信你，”邻国国王慈爱地摸摸公主的头，又转身拍拍太阳的肩，“也相信太阳。”

太阳请众神落座，开始讲述自己从天帝去世后如何被兄嫂虐待，如何被霸占财产，如何逃到邻国，如何受到邻国国王和公主的抬爱，最终又是如何被兄长残忍杀害的事实。众神皆知太阳正直勇敢善良，但从未听闻月亮竟如此歹毒贪婪，众神中有人大喊：“处死月亮！”随后便有众人附议。

太阳摇摇头，安抚众神的情绪，说道：“不行。月亮与我同根，流淌的是同样的鲜血，我想先帝也不愿看到我们手足相残，而正义需要伸张，公平需要被尊重，月亮作恶多端逃不了惩罚，就将他流放到四海八荒，永生永世为天界守夜吧。”

众神都十分尊重太阳的决定，同时决定推举太阳为新一任天帝，便齐声答道：“谨遵太阳神安排！”

此时，月亮正好披金戴银、满心欢喜地走到宴席入口，可当他听到太阳的宣言和众人的呼声后便吓得瘫软在地了。侍卫们冲上来将其控制住，随后便按太阳所说，将其流放到四海八荒，永世不得再回天界。

自此，天界开始了千亿年的长久和平，天神们过着幸福的生活，而在宇宙的另一端，月亮也在为自己的邪恶行为承受着应有的惩罚。

日积月累

哽咽　怂恿　大放厥词　非分之想　失声痛哭　憔悴　蓄意

延伸思考

你觉得为什么太阳会这么容易落入月亮的陷阱？

太阳神莱昂

名师导读

太阳在非洲民间故事中具有十分美好的寓意，它象征着光明、希望和生命。下面这则故事讲述了太阳神对人间的贡献，但与前面提到的青年太阳神不同，这里的太阳神已经步入了老年。

阿玛创世之初，宇宙是一个混沌的整体，不分天上地下，只有一片没有边际的大海。海神叫努，努的儿子莱昂是太阳神。

莱昂年少有为，神力无边。他一声令下，混沌震裂，一片光芒从海里升起来，越来越高，越来越高，直到无人能触及的高度才缓缓停下来。这便形成了我们现在所能看见的天，而留在混沌里的便是人间。天的升起将大海分裂成数块，其中还有些细细小小的分支，那便是江河溪流。随天升起的还有藏在海底的土地，那些高出海面的便是地。

天产生之初是空空荡荡的。太阳神莱昂见天上太单调了，便吹了口气，创造了云彩。夜幕降临，天上黑乎乎的什么都看不见，于是太阳神莱昂便将自己的一束光芒打碎后撒到天上，这便创造了星空。

太阳神莱昂是个孝顺的孩子，当他离开海神父亲努后，担心父亲无人陪伴，便在海里创造了许多生物陪父亲玩乐。为了保证公平，他也为大陆创造了许多陆上生物。整个宇宙一下子变得热闹了起来。

可是莱昂很快就发现了一个问题，在陆地上生活的人类还不知道如何生存，他们不懂得配合，没有国家意识，各自为战，存活率很低。为了拯救人类，他幻化成人的样子来到人间，成为人间的第一位国王。谁也没见过他，也就没人认得出他。不过人们在最需要帮助或陷入困境时，总能看到他的面孔，渐渐地，人们便记住了他的样子，并将他视为救世主。

莱昂游走在人间，行善从不留真名，而是化用许多假名。他将自己的神力封印在其中一个名字中，知道这个名字的人在遇到危险时只要心中默念这个名字，就会拥有非凡的神力。不过很少有人知道这个秘密。❶

迪西斯是创世之初的众神之一，也是为数不多的拥有强悍神力的女神之一。她的神力虽不如莱昂，但足以满足她的任何需求。一天，迪西斯从贴身照顾莱昂的侍卫那里听说了关于名字的秘密，自此便心生歹计，想逼莱昂说出那个神秘的名字。❷

迪西斯凭借出众的容貌获得了在莱昂身边照顾他的机会。她每天毕恭毕敬地跟在莱昂身后，寻找下手的时机。莱昂虽然年事已高，但十分机警，迪西斯始终没有找到下手的机会。于是她将莱昂滴落的唾液与泥土混在一起，捏成一支矛，又在矛上涂满毒液，施法将其变成一条毒蛇。迪西斯跟了莱昂许久，虽没能下手，但十分了解莱昂每天的行动轨迹，于是她对毒蛇施了隐形咒，然后将其藏在莱昂每天都会经过的路口，以待莱昂路过时放毒蛇出来咬伤他。

❶ 太阳神行善事不留名的行为体现了非洲民间对“无私奉献”高尚品质的赞颂。

❷ 太阳神行善不求回报，甚至不留姓名，而迪西斯却不知满足，贪得无厌，两人形成了鲜明的对比。

❶ 太阳神即使气愤也能保持理性，哈特尔却为了邀功而感情用事、胡作非为，两者形成鲜明的对比。这也体现出非洲民间对理性和智慧的推崇。

❷ 太阳神莱昂用“美德”感化暴戾的哈特尔，用慷慨救援对待质疑自己的人类。

莱昂果然中计了。被毒蛇咬伤的莱昂倒在地上抖个不停，十分痛苦，他用神力控制住自己身体内的毒素，勉强不再疯狂颤抖。他紧紧咬住牙关，不肯说出一个字。众神都聚在一起为莱昂祈祷，共同商议寻找救治他的办法。

迪西斯也混在其中，不过她既不悲伤也不难过，她心里可欢喜了，觉得自己随时都有可能听到莱昂的神秘名字，从而得到无边的神力！

可是过去许久之后，莱昂仍然一字未吐。他疼得满头大汗，衣袍都紧紧贴在了身上。迪西斯担心莱昂到死都不说出秘密，便悄悄施咒让毒素停止扩散，保证他不死的同时让他更为痛苦。就在众神聚在一旁焦急地商讨对策时，莱昂终于说出了那个神秘的名字。听到名字的瞬间，迪西斯施法将毒液逼出，莱昂如释重负，累得昏了过去。

经历了这次事件，加之莱昂年纪越来越大，人间渐渐有人开始对莱昂的统治产生怀疑，甚至还有要推

翻莱昂的统治另立新王的声音。这些议论很快便传到了莱昂耳朵里，他十分气愤，但理性告诉他应该先去调查清楚事情的真实情况，于是他派哈特尔下凡调查。

哈特尔是个年轻气盛的女神，一心想要立功。她到了人间便大开杀戒，惩罚那些无知的人类，无论男女老少，遇到便砍，人类慢慢变得少了起来。这还不够，她甚至想杀光人类，然后上天邀功。❶

莱昂在天上看到这番场景，对哈特尔不分善恶、肆意屠杀的行为感到十分气愤。此时，他不再把之前人类冒犯他的事放在心上了，而是决定先拯救幸存的人类。

哈特尔嗜酒，于是莱昂派使者采来“美德之草”，将它碾碎后泡在大麦中酿成七千坛酒，放在了哈特尔休息的地方。哈特尔看到后，马上将所有任务抛在了脑后，大口喝起酒来。她喝了整整一个通宵，然后踉踉跄跄地回到天上去了。❷

幸存的人类对莱昂感激涕零，主动将先前对莱昂不敬的人抓起来处死，然后把莱昂当作救世主，恭恭敬敬地供起来。

莱昂看到人类对自己如此忠心，便大赦天下，并决定从此再也不统治人间，放任人们自己治理，而自己则在天上颐养天年。

日积月累

混沌　各自为战　嗜酒　感激涕零　颐养天年

延伸思考

如果你是太阳神莱昂，你会如何对待迪西斯、哈特尔和人类？

天神与他的子女

名师导读

世界很大，问题很多，即便是神力无边的天神也难以面面俱到。于是，天神将自己优秀的子女们安排到各个岗位上，充分发挥每个孩子的优势，共同治理世界，维护世界秩序。阅读下面这则故事，看看天神的子女们是如何分工协作的吧！

马乌力扎是创造宇宙和人间的最高级别的天神，他有许多子女，而且他们各有本领，都十分能干。于是，马乌力扎便将世间交给他们管理，自己在奋战了几千年以后，终于回到天界，过起了悠闲的生活。❶

马乌力扎的第一对双生子是左德日和阿纳努。马乌力扎十分疼爱他们两个，便将大地分配给他们管理。左德日与阿纳努从天而降，并在人间定居。他们每天在广阔的大地上穿行，解救深处火热之中的人类，为干旱的田地浇水，为贫瘠的荒漠种树，教人类耕种捕猎、搭屋建房。

马乌力扎的第三个孩子是赫维德奥。他心地善良但性情暴躁，容易冲动。因此，马乌力扎派他做雷神，掌管风雨雷电。赫维德奥用雨水滋润大地，赋予人间生命力。可他是个性情中人，开心时便轻柔温和地按时散云布雨，这时人间万物生长，一派祥和的景象；生气时则大发雷霆，用闪电劈开树木，用冰雹砸毁房屋，用洪水淹没田地。而赫维德奥的儿子柏格德也继承了父亲的性格，甚至比赫维德奥更暴躁。一旦惹怒他，整个世界便会充斥着闪电和雷鸣，人间山崩地裂，万物不得安宁。因此，他的母亲总是守在他身边，安抚他的情绪，一旦柏格德滥杀无辜就大声斥责他。可当柏格德渐渐长大后，他便有了自己的想法，他时而顺从母亲，时而无法无天地任性妄为。不过，他的本性不坏。他时常游历人间，一旦发现有人行恶，就用一道闪电将他劈死。❷

马乌力扎的第二对双生子是阿克贝和娜叶特。马乌力扎派阿克贝和娜叶特两人辅助哥哥赫维德奥管理江河海洋。马乌力扎将太阳赐给阿克贝，让他当作眼睛使用，因此，每当阿克贝睁开眼睛从海里出来，人间便迎来清晨；当阿克贝闭上眼睛沉入海底，黑夜便降临人间。而每天，阿克贝与父亲都要在海天一线处见一面，向父亲交代大海的一切状况。

马乌力扎的第六个孩子是法，他天生就懂得巫术密语。马乌力扎为了让他充分发挥自己与生俱来的天赋，便任命他为占卜之神，赐予他在棕榈树尖的住宅和十六只眼睛。每天清晨，当太阳刚刚从海平面出现时，法的弟弟莱格巴便要用长长的神棍帮他将十六只眼睛逐个撑开，他的每一只眼睛都对应着通往未来的一扇大门。法的儿子佐耶也继承了父亲的天赋，于是法派他到人间去给人类传授巫术密语，并将他化名为法卢沃诺，这在巫术密语中意为“知晓法的秘密的人”。

马乌力扎的第七个孩子是阿热，他身手敏捷，有耳听八方、目视千里的本领，因此马乌力扎让他做狩

❶ 天神马乌力扎在适当的时候选择退出，让自己的子女们发挥自己的优势与特长，这既是一种爱，也是一种责任。

❷ 马乌力扎根据孩子们的特长，将他们安排到不同的位置上，造福人间。不过神也有缺点，他们也不是完美的，但最重要的是他们都能时刻铭记自己的那份职责。

猎之神。来到人间的阿热生活在深林之中，他身穿兽皮，手握长矛，身背长箭，常与鹿为伴，与鸟交友。有了阿热的保护，人类便不敢轻易伤害深林里的动物和树木。

马乌力扎的第八个孩子迪奥为人真诚、做事清廉，所到之处遍是清风。因此马乌力扎任命他为呼吸之神，掌管大气。迪奥将呼吸的技能教给人类，人类便获得了在陆地上生存的本领。他又将大气中的一部分分给众神以遮蔽身体，使人类看不清众神的样貌。所以，众神在人类心中更为神秘而遥不可及，这也增强了人类对众神的敬畏之心。

马乌力扎最小的儿子莱格巴是天神的特使，他负责收集世间各处的情报，然后告知马乌力扎。不过莱格巴生性顽劣，热衷于恶作剧，马乌力扎常常被这个小儿子弄得团团转，因此人间也跟着遭殃，但马乌力扎拿他没有办法。

马乌力扎最小的孩子是明诺娜，她是个心灵手巧、细心、贤惠的女孩。马乌力扎任命她为纺织女神和妇女之神。她忠于职守，时刻维护妇女的权益，还教授她们纺织制衣的手艺，因此备受妇女们尊敬。

如此一来，马乌力扎便将世间各项事务分配完毕了，孩子们兢兢业业，在各自的岗位上发挥着自己独有的本领，为世间万物的运作和循环贡献着自己的力量。马乌力扎看着井然有序的人间，安心地飞回天宫，享受清闲去了。

日积月累

性情中人　滥杀无辜　任性妄为　遥不可及　顽劣　遭殃

延伸思考

说说看，你最喜欢天神的哪个孩子？为什么？

仙女的恩惠

名师导读

非洲民间故事中，仙女都眷顾什么样的人呢？阅读下面这则故事，你会发现，仙女和人类一样都欣赏善良勤劳的人；而作恶者也会受到仙女的“眷顾”，不过他们收到的是惩罚。

猎户与妻子、两个女儿生活在一起。大女儿是现任妻子带来的，从小娇生惯养，任性得很；而可怜的小女儿是猎户前妻所生，由于生母早逝，她从小便学会了照顾自己，十分独立、懂事。

猎户的妻子对小女儿十分刻薄，经常使唤她干活儿，还用言语讽刺她那早逝的母亲。

一天，猎户的妻子派两个女儿去打水，她有意要捉弄小女儿，便给了她一个筛子。拿着瓦罐的大女儿轻轻松松打满了水，临走时还不忘恐吓妹妹：“我看你呀，等天黑了都打不着水。”她捧着瓦罐高傲地睥睨着正趴在水边的妹妹，然后接着说：“不过你要是敢两手空空回家，母亲绝对不会轻饶你！”说完便一蹦一跳地回家了。小女儿一次又一次地将筛子放进水里，可每一次拿起筛子，水便会从缝隙瞬间流走。渐渐地，天色开始暗下来，她已经十分疲惫，长时间泡在水里的双手几乎没了知觉，手一松，筛子就掉进了河里，被水冲走了。水没打成，连打水的筛子都丢了，如果就这么回去，继母肯定不会放过自己。于是她一直盯着水中的筛子，沿着河不停地追。

“先生！”就在小女儿追得十分绝望时，河边出现了一位高大的村民，“先生！您能帮我抓住河中那把筛子吗？谢谢您！”

“可以，”高大的村民一口答应，“不过，你得先帮我洗掉这些脏衣服，再帮我捉捉头虱，剪剪头发，剃剃胡子，怎么样？”

女孩毫不犹豫地帮高大的村民洗了衣服，捉了头虱，剪了头发，剃了胡子。可高大的村民却没有要帮女孩捞筛子的意思，他指了指前面正走来的一个人，说：“你去找那个人，他会帮你的。”

女孩非但没有因为高大村民的出尔反尔感到生气，反而向他道谢，然后再跑去找那个人，说：“先生，您能帮我捞起河里的那把筛子吗？十分感谢您！”没想到，这个人对女孩说了同那位高大村民同样的话，而且当女孩干脆利索地帮他干完了所有活儿，他也没有要帮女孩的意思，而是又指了指远处的另一人，叫女孩去找那个人。就这样，女孩一连求了六个人，也帮六个人做了同样的工作，可这六个人都给出了同样的回应，不过女孩仍不放弃，终于第七个人对她说了不一样的话。第七个人说：“你沿着河走，然后去敲第七家的门，一边敲一边喊，‘哦，弗利沙！我到你这儿来了’，去吧。”女孩谢过第七个人，急忙跑向河边的房子。

“……五、六、七！就是这家了。”女孩仔细数着，走到第七家门口，轻轻敲响木门，用温柔的声音喊着，“哦，弗利沙！我到你这儿来了！”

话音刚落，门便开了，来开门的大概就是弗利沙。她眼睛也不睁，像念咒语那般说道：“谁能让我开心，我便也让那人开心。谁要是给我惹麻烦，我也不会让他好过。”然后，她微微睁开眼，看着女孩，又说：“你想从哪里进来，门还是阴沟？”

“亲爱的太太，您愿意我从哪里进来，我便从哪里进来。”女孩恭敬地

回答。

弗利沙让女孩从门进来，接着问：“你想坐在哪里，绸缎坐垫上面还是针毡上面？”

“亲爱的太太，您愿意我坐在哪里，我便坐在哪里。”女孩不敢妄为，小心翼翼地回答。

弗利沙拿出绸缎坐垫给女孩，又问：“你想吃什么，狗还是羊？”

❶ 和那些财宝比起来，父亲更希望孩子能安全地早早回家。

❷ 继母视财如命，不知足，甚至不惜让自己的孩子去冒险。

❸ 小狗前后两次不同的表现，从侧面反映出姐妹两人不同的个性，谁心地善良，谁善攻心计，连家中的小狗都看得出来。

“亲爱的太太，真心感谢您，您愿意给什么我便吃什么。”

弗利沙听言，转身从厨房端出香喷喷的烤羊，又问：“粥还是面包？”

“心地善良的太太，您给我什么都行！”

弗利沙拿出新鲜出炉的小麦面包。

这时，天色已经彻底黑了，筛子估计也不知被河水带到哪里去了，女孩心里又害怕又紧张，害怕继母惩罚，不敢回家，也不敢向弗利沙提出要求，怕她生气。

这时，弗利沙却让女孩在家中留宿一晚，告诉她第二天一早再离开。女孩十分感激，主动帮弗利沙做了家中所有的家务。

第二天一早，弗利沙问女孩：“黄金屋和毒蛇屋，你想去哪儿？”

“太太，您去哪儿，我便去哪儿。”

弗利沙带着女孩去了一间装满黄金和珠宝的房间，还用珠宝装满了女孩的口袋，然后她问女孩：“你想从哪里离开，门还是阴沟？”

“亲爱的太太，我都听您的！”

弗利沙让女孩从昨天进来的那扇门出去，关门前和女孩告别：“再见，善良的孩子。”

女孩开心地抱着满口袋的珠宝跑回了家。刚到院子，小狗便跑过来，绕着她“汪汪汪”叫着表示欢迎。

猎户和他的妻子看到小女儿带回来的财宝时，十分惊讶，听完她的经历更是觉得神奇。这时，猎户抱起小女儿，疼爱地抚摩她的头发，不停地称赞：“真是我的好孩子。不过下次要是丢了筛子，可不要再去追了，早早回家，别让我们担心。”❶小女孩紧紧抱住父亲，再也不想和父亲分开。继母看到这些永远都用不完的财宝后，也想让自己的亲生女儿去试试。❷于是第二天，继母又让两个孩子去打水，这次她让大女儿带了筛子，让小女儿带了瓦罐。因为大女儿知道妹妹经历的事，所以她故意手滑将筛子丢在河中，不慌不忙地沿着河边走，走了不久便遇见了那个高大的村民，果然和妹妹所说的一样。不过大女儿可不像小女儿那样勤劳耐心，她拒绝给任何人帮忙，只想尽快知道去哪里找弗利沙，结果她问了十七个人才有人告诉她弗利沙的住处。

大女儿粗鲁地敲打弗利沙的家门，告诉弗利沙自己要从门进去，结果弗利沙“砰”的一声关上门，让女孩从阴沟进屋。女孩想坐绸缎坐垫，弗利沙却给她针毡；女孩想吃烤全羊，弗利沙就给她快腐烂的肉；女孩要吃新鲜出炉的烤面包，弗利沙偏偏给她馊了的粥。不过弗利沙还是留她过了夜，第二天一早弗利沙问女孩：“黄金屋和毒蛇屋，你想去哪间？”

“谁会想去毒蛇屋！快带我去黄金屋拿珠宝！”女孩傲慢地对弗利沙说着。

早就被这毫无教养的女孩惹恼的弗利沙一把将其推进毒蛇屋，然后把她从阴沟赶出家，最后还不忘给她拴上一麻袋毒蛇带走。

当大女儿刚回到家门时，院子里玩耍的小狗便叫着躲了起来。❸母亲看到大女儿赶忙迎上去，解开麻袋。不料她刚打开口袋，一条毒蛇便“噌”的一下窜了出来，一口咬住女人的手腕，然后又转头咬住大女儿的手腕。不一会儿，两人便毒发身亡了。

打猎回来的猎户看到这番场景，对妻子感到十分失望。从此，他和小女儿相依为命，过着平淡而幸福的生活。

日积月累

睥睨　出尔反尔　相依为命

延伸思考

这个故事是用哪一种写作手法来说明道理的?

兄弟俩

名师导读

面对利益诱惑，有的人能坚守自己的本心，不被利益蛊惑，而有的人会为了自己的利益伤害他人。下面这则故事就是由兄弟间的利益争夺而引发的。

从前，有一对亲密无间的兄弟，每天清晨，他们都会背着弓箭和麻袋来森林打猎，并且期待可以满载而归。

他们每次都要走很久才能到达人迹罕至的森林深处。这一天，两人走着走着，突然发现前方老树下有一排口朝下倒置着的瓦罐。虽然每次都要经过这里，但是这样奇怪的景象兄弟俩还是第一次见。兄弟俩面面相觑，都不知这是什么东西。

“别摸！”哥哥叫住大步上前的弟弟，“这么丑的瓦罐，没准儿被施了诅咒，还是小心为好。”哥哥一边说着，一边碎步往后撤退，被吓得躲在了远处的一棵老树后。

“无妨，不亲自看看怎么知道到底是什么情况呢？”弟弟不听哥哥的规劝，继续往前走。弟弟三步并作两步走到瓦罐前，蹲下仔细观察了一番后，决定将它们一个个翻过来，好一探究竟。

弟弟搓搓手，小心翼翼地掀起第一个瓦罐——瓦罐里面空空如也。他蹲着挪了挪位置，来到第二个瓦罐前，小心翼翼地拿起第二个瓦罐——同前一个一样，里面空无一物！他又挪了挪，来到第三个瓦罐前，搓搓手，心想这次总该有点什么了吧，他满心期待地翻开第三个瓦罐——仍是空空荡荡，里面什么也没有！弟弟有些失望，冲着哥哥的方向，大声说道："哥！别躲了，就是些普通的瓦罐，里面什么都没有！"弟弟一边说着，一边探过身子伸手去翻最后一个瓦罐。哥哥听到弟弟的话便缓缓地从大树后走出来，不料前音还未落定，弟弟的一声大叫又将哥哥吓回到了树后。

"怎……怎么了？！"哥哥吓得哆嗦着问弟弟。

到底发生了什么呢？

原来，弟弟本以为这都是些普通瓦罐，没想到翻开最后一个瓦罐时，从里面走出了一个奇怪的小矮人婆婆。婆婆的突然出现把弟弟吓了一跳。

婆婆对弟弟的一惊一乍十分不屑，她转身对躲在远处的哥哥大声喊道："出来吧，受惊的小羊羔！我又不会吃了你们。"她又对着弟弟说："跟我来。"

婆婆的话传到哥哥那里只留下了一个"吃"字，哥哥害怕得一动不敢动，腿都软了，一下子瘫坐在地上，背靠着大树，远远观望着弟弟那边的情况。

弟弟一向喜欢冒险，胆子极大，刚才那一叫也不是害怕，只是婆婆的出现太过突然，让他始料未及。于是弟弟毫不犹豫地跟着婆婆去了，一直走到一棵巨大的老树前才停下。

"行了，就是这儿了。"婆婆停下，转过身，说道，"砍倒这棵树，你会有意想不到的收获。"

弟弟拿起地上的巨斧，双手紧握斧柄，然后高高地抡起，再猛地朝老

树挥去。神奇的事情发生了——一头小奶牛从斧子砍下的裂口里跳了出来。弟弟见状又惊又喜，转身看了看婆婆，婆婆示意他继续砍。弟弟兴奋极了，继续挥动手中的斧头，每砍一下便有一只小动物跑出来，小绵羊、小山羊、小黄牛、小奶牛、小驴子、小白鹅、小黄鸭……不一会儿，弟弟便被这群可爱的家畜家禽团团围住了。

“行了，为了答谢你解救我，还帮我打造住处，这些动物就归你了，”婆婆跳上树桩，对弟弟说，“现在，带着你那胆小鬼哥哥回家吧。”

弟弟绅士地向婆婆行礼答谢，然后高兴地赶着动物们回去找哥哥了。

“哥！哥！”听到弟弟轻松而又充满喜悦的声音，哥哥立马站起来，朝弟弟那边走去。

“哥，你看我带什么回来了！”弟弟一边说着，一边向哥哥展示着自己的战利品，然后两人朝着家的方向走去。一路上，他们还时不时地交流着刚才发生的事情。

兄弟俩在森林里走了许久，这时正值正午，太阳高照，天气闷热，两人走得口干舌燥，没了精神。路过悬崖时，哥哥走过去察看了一番，发现崖下的草丛间有一条清澈的小溪，兴奋地对弟弟说："这样，我把绳子拴在腰上，你将我放下去，我先下去喝个够！"兄弟二人配合默契，哥哥稳稳地落地，在小溪里畅快地喝了个够，甚至还冲了凉，上来后精神也振作了起来。

接着换弟弟下去，但是哥哥看着在崖下的弟弟，又看看身旁的动物们，突然心生邪念。他从崖边一点点后退，手中的绳子一点点被放松，最终绳子溜下了悬崖。然后，哥哥转头赶着动物们朝着家的方向走去。❶

哥哥闷头赶路，在太阳下山前到了家。父母看到大儿子带着一大群动物回来开心极了，他们问大儿子这些动物都是哪里来的。大儿子便将弟弟的故事安在自己身上向父母讲了一通，他越讲越兴奋，仿佛那真的是自己的经历。

久久不见小儿子的身影，父母问大儿子："你弟弟呢？怎么没和你一起回来？"

"不知道。我们很早就分开了，中午以后就没再见过了，我以为他回家了。"哥哥继续撒谎，"难道他还没回来吗？"

"没有啊，不过也不必担心，"父亲说，"这孩子一向爱到处探险，估计又不知道去哪儿玩了，等他回来看我不好好收拾他。"父亲佯装生气，说着和母亲一起走进了房间。

但是直到夜深了，弟弟也没有回家，父母又等了一夜。都到第二天中午了，弟弟仍然没有回家。父亲这时不再生气了，而是着急地来回踱步。

母亲也十分担心自己年纪尚轻的小儿子，心不在焉地在溪边洗着衣服。这时她听到从井边打水回来的妇女们讨论，说是早上在井边听到了食蜂鸟的歌声，要赶忙招呼家里的男人前去跟着食蜂鸟采蜂蜜。为了缓解丈夫的焦虑，转移他的注意力，母亲把消息告诉了丈夫和大儿子，叫他们也跟着大家去采蜜。

食蜂鸟从井边起飞，男人们跟在它后面跑。它穿越一片片果树林、针叶林，一直飞到悬崖边才停下。它们在悬崖边疯狂翻飞、转圈后，朝着悬崖下飞去。男人们也跟着下了悬崖，渐渐地，从不远处传来了一阵微弱的呼救声，他们顺着呼救声竟然看到了一个躺在溪边的年轻小伙儿。父亲一眼便认出那是自己的小儿子，于是一下子冲过去，轻轻地摇晃儿子的身体，确认他还有意识，然后在村民的帮助下将小儿子带上了悬崖。❷

小儿子在大家的悉心照顾下逐渐恢复了意识，向大家讲述了事情的全部经过。父亲得知大儿子撒了弥天大谎，而且对自己的兄弟做出了这种不可饶恕的恶行，十分气愤，可是此时哥哥早不见了踪影。

原来，在大家跟着食蜂鸟来到悬崖前，哥哥就觉得这个路线十分熟悉，所以半路便返回了村子。还未等众人回来，哥哥就听到了弟弟被救的消息，他立马打包自己的行囊，逃离了村子。

哥哥走后，弟弟和父母一起精心照料那群动物，过上了富裕的幸福生活。

❶ 在弟弟去查看瓦罐时，哥哥虽然害怕得躲在远处，但对弟弟的安全还是担心的。但当危险变成利益时，哥哥的贪婪显露无遗，他甚至对亲兄弟下了黑手。

❷ 食蜂鸟本是要带领人们找到美味的蜂蜜，可故事中，人们跟着食蜂鸟找到的是小儿子。这其实是非洲民间故事中的一种寓意：善良勇敢是如蜂蜜般珍贵的美好品质。

日积月累

面面相觑　一探究竟　空空如也　一惊一乍　始料未及　心不在焉　不可饶恕

延伸思考

如果哥哥意识到了自己的错误，应该如何正确补救？请试着谈一谈。

雅达巴的故事

名师导读

世间的任何事物都有两面性，我们不能因为个别缺陷就全盘否定某个事物，也不能因为个别好处就全然忽略事物的不足。阅读下面这则故事，你会对这个道理有进一步的理解。

叶亚是管理江河海洋的水神以及象征智慧的智慧之神，他居住在人间的叶利多市。

随着人类数量的不断增加，人类的居住地渐渐扩散到了更为广阔的区域，而有河流水源处往往是人们首选的地方，叶亚的工作也因此越来越繁重。叶亚模仿阿玛创世那样为自己创造了一个儿子，给他取名雅达巴，并派他帮助自己处理人间的各种事务。

为了让雅达巴能更好地处理事务，叶亚赋予了他一种特殊的智慧。雅达巴一直忠心耿耿地在自己的职位上兢兢业业地工作。为了报答叶亚赋予了自己生命、神力以及职位，他每天都会在叶亚神殿对面的海域出海捕鱼，并将捕来的肥美海鲜献给叶亚享用。

一天，南风在叶亚神殿对面的海域上空肆虐，即使是雅达巴出海驾驶的帆船也被吹了个底朝天。渔民们纷纷收网回家，不敢出门。南风的形状像一只巨鸟，有两个极大的“翅膀”，只要“翅膀”展开，风就十分强劲，要是“翅膀”收起来，风便停下。

雅达巴一气之下诅咒南风："好你个南风大鸟，我要诅咒你翅膀折断，永远停息！"

果然，南风不再吹，海面变得毫无波澜，平静极了。不过，没了风，帆船也便没了动力，渔夫们纷纷抱怨这脾气怪异的天气，前两日还狂风暴雨，怎么转眼就风平浪静了呢？❶

南风大鸟的翅膀被折断的第三天，也就是南风不再吹的第三天，天神亚努并没有把这事放在心上，他以为这只是正常的天气变化。直到南风停吹的第七天，他终于忍不住心中的疑惑，便问伊拉布拉特到底出了什么事。

"报告天神，七天前，叶亚神的儿子雅达巴将南风大鸟的翅膀折断，因此海上的南风已经停了七天了。"伊拉布拉特回答。

这时天神亚努又听到了人间渔夫们的抱怨，心中的怒气一下子烧到了眉心，暗暗诅咒雅达巴。

正好路过大殿的叶亚神听到了天神亚努生气的事，回到叶利多后立马找到雅达巴，说："天神亚努已经知道南风的翅膀是被你折断的。"

雅达巴不以为然："那又怎么样？"雅达巴摇头晃脑的，对自己所处的危险境况毫无察觉。❷

"天神亚努是天界神力最强、最有威严的神，"叶亚拍拍雅达巴的肩头，解释着，"被他诅咒可不是什么好事。"

❶ 风的影响是有两面性的，风太大出海会危险，但是完全没有风也是不行的。这世上没有绝对的好事或坏事，都需要辩证地来看待。

❷ 愚昧无知的雅达巴没有意识到自己的错误行为将会造成怎样的严重后果，他单纯地利用手中的权力发号施令，使自己陷入了对权力的迷恋中无法自拔。

❸ 雅达巴对自己的行为感到慌张，后悔至极，还好叶亚神站出来向他提供了援助。你觉得最终，他会得到亚努神的原谅吗？

雅达巴这才面露慌张，磕磕巴巴地解释着说："父神，南风大鸟在海上兴风作浪，渔民们因此都好久没有出海了，我都被它吹的大浪打翻落入了海里。我实在看不下去，才诅咒它翅膀折断的。"雅达巴低着头，继续说："我也没想到，我这诅咒这么灵验……"

"不必担心。"叶亚神看到雅达巴如此慌张急忙安慰道，"要想获得天神亚努的原谅，我倒是有个办法。不过，你得按我说的做。"

雅达巴急忙点头。

"这样，从今天开始，你每天穿丧服，将头发留长，然后到天神亚努的神殿去。神殿门口驻守有两名天神，左边的是塔莫斯神，右边的是其斯几达神，到时候他们肯定会问你怎么穿着丧服来，你回答'我为人间的国家没有塔莫斯神和其斯几达神的守护而服丧'。"说着，叶亚神还演了起来，然后继续说，"听你这么说，他们必然会觉得自己受到了尊敬和崇拜，到时候在天神亚努面前一定会帮你说话，而天神亚努很看重他们提出的意见。"❸

雅达巴听得十分认真，目光一直跟随着叶亚神。

"而见到亚努以后，他可能会拿出死亡面包和死亡圣水给你，说是奖赏，到时候你会怎么办？"叶亚神问雅达巴。

"这……若说是给我的奖赏，那我必定会吃下那死亡面包，喝下那圣水。"雅达巴对自己的回答毫无底气。

叶亚神摇摇头，说："你不可以吃，也不能喝。亚努还可能拿出各种天神的衣服，你也不能穿。要是他还拿出了什么精油，你也千万不能涂抹。"

雅达巴承诺自己一定照做不误。

"总之，你记住，无论天神亚努拿出什么，你都要礼貌地拒绝。"

过了几天，亚努神派使者到叶利多市，以故意伤害南风的罪名带回雅达巴。这时候的雅达巴头发已经长到了肩下，他穿着丧服，完全是一副颓废悲伤的样子。

雅达巴跟着使者来到了天界，果然在大殿门口见到一左一右两名驻守的天神，他们也果真如叶亚神所说，询问雅达巴为什么穿着丧服来。

雅达巴心里窃喜，但佯装悲痛地回答：“亲爱的两位天神，实话说，我是为人间的国家没有塔莫斯神和其斯几达神的守护而服丧。”

听到雅达巴这样说，塔莫斯神和其斯几达神十分感动，他们两个相视一笑，打算在天神亚努审判时在一旁寻机帮助这位忠心的少年。

众神来到天神亚努的大殿上，这时，雅达巴也被带到了大殿中间接受天神亚努的审问。

“雅达巴，”亚努神开门见山，直接问道，“故意伤害南风的罪名，你是否承认？”

“尊敬的天神亚努，我接受您的审判，可是，”雅达巴双手交叉在胸前，十分虔诚地回答，“可是我都是为了我的父神叶亚和人间叶利多市的渔民们啊！您有所不知，南风在海上兴风作浪，滥用控风的职权祸害人间，连我这个小神的帆船都翻覆海中，可想而知那些渔民的状况……”雅达巴头也不敢抬，继续解释道：“再者，我的神力是父神所给，我年纪尚小，对自己的神力仍不能完全掌控，我甚至不知自己的诅咒竟如此灵验……”

听了雅达巴的解释，天神亚努似乎没那么气愤了，表情

温和了不少。站在一旁听审的塔莫斯神和其斯几达神趁机走上大殿，帮着雅达巴说话。“尊敬的天神亚努，这南风大鸟确实是出了名的下手不知轻重，叶利多市的渔民确实因为南风过强已经逾月未出海。”看到天神亚努微微点头，塔莫斯神和其斯几达神继续说，“这雅达巴也是为了渔民们的生计，而且还有一片孝心呐。”

天神亚努一边听，一边点头表示肯定，决定不再怪罪雅达巴，还派使者拿出了死亡面包和死亡圣水，不过雅达巴谨遵父神叶亚的话并没有接受。当然，雅达巴也拒绝了天神亚努递来的衣服和香油。

天神亚努十分疑惑，因为只有吃了死亡面包，饮下死亡圣水，穿上神的衣服，涂上特制的香油，人才能升华为神，可这个雅达巴竟然都拒绝了。亚努摇摇头，轻叹了口气：“人终归是人，还是回人间去吧。”

于是，雅达巴便顺利返回了叶亚身边，与叶亚一同守护、治理人间的叶利多市。

日积月累

忠心耿耿　摇头晃脑　颓废　兴风作浪

延伸思考

生活中有哪些事物像“风”对渔夫那样具有两面性？

油棕树和蜂鸟

名师导读

油棕树是非洲大陆上一种十分重要的植物，在非洲国家的经济和非洲人民的日常生活中有着十分关键的作用。那么，非洲民间关于它的传说故事是什么样的呢？阅读下面这则故事你便会有所了解。

油棕树可是非洲大陆的宝物，因为它浑身都是宝——油棕树的叶筋可以搓成绳子扎扫帚；油棕树的叶子晒干了可以用来铺屋顶；油棕树的果实可以榨出油来；油棕树的树浆可以用来酿酒。

最初，油棕树是长在天界的，它高而挺拔的树干和大而葱郁的叶子十分适合装点天宫大殿。也就是说，当初在天上时，油棕树是被当作景观植物来养的，没想到它到了人间以后成了非洲大陆上的一种十分实用的植物。

但是，油棕树到底为什么突然从天宫大殿门口的装饰植物，摇身一变成了非洲大陆上的实用植物了呢？其实，这一切都和一只叫克里布的蜂鸟有关。克里布每天都沉醉于品尝各种味道的花蜜，穿梭于人间的各个花丛中。因此，它对自己小巧的身体十分满意，甚至常常为在空中飞来飞去的大鸟寻不着食物而担心：“这些可怜的大鸟们，此生都尝不到这些美味的花蜜啊！”❶

直到有一天，蜂鸟克里布一边在湖边饮水，一边欣赏着湖中倒映着的它那玲珑的身影时，一只鹰从克里布头顶飞过，它那巨大的身躯遮住了大半个湖面，瞬间就好像是黑夜降临一样，连克里布在湖中倒映的影子都不

见了。这让它第一次感觉到自己实在太过渺小，也第一次有了想变大的欲望。❷

要知道，这世间的一切都是天神阿玛创造的，要想知道为什么自己这么小，又该如何变大，就只能飞到天上去问问天神阿玛。

蜂鸟克里布决心向天神问个明白，于是奋力向天上飞去，穿越厚厚的云层、稀薄的空气和电闪雷鸣后终于见到了天神。蜂鸟祈求天神："请您将我变得同其他鸟儿一般大吧！"

天神从不随便答应请求，因此打算考验考验蜂鸟克里布，说："答应你也不是不可以，不过你得通过我的考验才行。"

蜂鸟克里布一听天神答应了便高兴得转着圈飞，欢快地问："是什么考验？"

"很简单，哪天你来时遇上我睡着了，我就实现你的请求。"

"就这么简单？"蜂鸟对这个考验有些吃惊。

"就这么简单。"天神肯定地回答。

蜂鸟满心欢喜，觉得自己一只脚已经踏入了"大鸟"的行列，便决定当天晚上就来拜访一番。❸

克里布深夜来时天神根本没有在睡觉，而是在一边饮酒一边观赏美妙的舞姿。克里布心想，这么晚还不睡，那明天凌晨我再来，到那时天神必然还没醒来！第二天一早，蜂鸟克里布再次拜访，不料，天神正在

❶ 这时候的蜂鸟没有过多的欲望，对自身的认知很恰当，因此它过着惬意悠闲而单纯的生活。

❷ 蜂鸟克里布不切实际的想法让自己迷失了方向。事实上，这是它在拿自己的短处和别人的长处去相比的结果，也正是这种错误的对比把自己置于受挫的情绪中，无法自拔。

❸ 蜂鸟克里布愚昧地认为自己有变大的可能，所以天神的考验让它满心欢喜。

❶ 一连几天的失败拜访，让蜂鸟克里布绝望不堪，天神不睡觉意味着自己没有变大的可能。

❷ 油棕树向蜂鸟克里布泄露了秘密，并且一再强调蜂鸟不要把这个秘密告诉别人。你觉得蜂鸟会保守这个秘密吗？

❸ 蜂鸟不仅欺骗了天神，而且违背了自己的承诺。

和大神们商议要事。它一直等到中午，又从中午等到晚上，天神看上去都没有要睡觉的意思。

就这样连续拜访了几天，无论克里布什么时候来，天神都是醒着的。这让它感觉自己踏进“大鸟”行列的脚好像又收了回来，因为天神可能根本就不用睡觉！❶

蜂鸟飞出天宫，长长地叹了声气，哀怨道：“看来天神根本就不睡觉，我的祈求想必也是没有着落了……”油棕树听到蜂鸟的叹息声便心生怜惜，不由得接话：“天神也是睡觉的，只是你不知道罢了。”

蜂鸟听到油棕树的话仿佛起死回生一般，连忙问油棕树：“你说什么？天神到底什么时候睡觉啊？”

“这……”油棕树有些犹豫，“我知道天神什么时候睡觉，也不是不能告诉你，不过……”

“不过什么？”看到油棕树吞吞吐吐的样子，克里布十分着急地问。

“不过你可千万不能告诉别人是我说的，要不然我不知道会有什么样的惩罚等着我。”

“我向你保证，向谁也不说！”

看到蜂鸟一脸诚恳，油棕树狠了狠心说道：“其实，天神只有在天界、人间、空中都被大雾笼罩，什么都看不清时才睡觉。”

克里布如获至宝，高兴得围着油棕树飞了好几圈。❷

从那天起，克里布便开始等待，等待一个足以笼罩世界的超级大雾天气。终于，克里布等到了这一天。

克里布趁着雾还未散，一鼓作气飞上天宫，果然看到天神睡得正香。

克里布兴奋极了，觉得下一秒自己就要变成大鸟了。它用尖锐的声音在天神耳边喊着：“克里布来了！克里布来了！”

天神被这声音惊醒，因为还从未有人叫醒过熟睡中的自己。天神被眼前的克里布惊到了，第一反应便是有人泄露了自己何时睡觉的秘密，于是直截了当地质问蜂鸟：“谁告诉你我什么时候睡觉的？”

克里布被天神说话的态度震慑住了，它的兴奋和激动顿时烟消云散，只剩惧怕和颤抖了。它结结巴巴地回答：“没，没有谁告诉我啊，是我自己今天突然碰上了而已……”克里布不善于撒谎，天神一眼便识破了它的谎言。

“还不说实话！快快交代是谁！”天神最痛恨的就是背叛和泄露秘密。

“油棕树！”天神巨大的气场吓得蜂鸟不由得供出了油棕树。③

“好一个油棕树，仗着自己驻守在天宫门口，对我的生活习惯了如指掌就这样不知分寸！”接着，天神冲着蜂鸟说，“投机取巧！不靠自己的努力而靠别人泄密得来的答案，不能算你通过考验。不仅这次，今后你也将永远不可能成为大鸟。你就在那花丛中度过余生吧！”

克里布惭愧地低着头，灰溜溜地飞回人间了。

至于油棕树，天神也没有轻易放过它，他将天界所有的油棕树都下放到人间，从此不允许天界出现任何与油棕树有关的东西。

日积月累

如获至宝　烟消云散　投机取巧

延伸思考

天神心知肚明自己的睡觉时间只有很少人知道，为什么还要考验克里布呢？

渔夫之子

名师导读

父母对孩子的影响是深刻且深远的，下面这则故事讲的便是父亲的行为对孩子所起到的榜样作用。特别的是，故事中的渔夫虽然去世得很早，但他在世时帮助了许多人，而这些人身上都延续了渔夫的善良品德。渔夫的儿子在父亲善良品德的引领下最终成长为一个正直勇敢的人。

善良的渔夫在儿子出生后不久便去世了，渔夫的妻子独自将儿子抚养长大。由于她经常将丈夫生前那些善良勇敢的事迹讲给儿子听，所以儿子便将父亲视为自己心中的英雄。他慢慢长大后，也和父亲一样，做了渔夫。

一天，儿子像往常一样在河边撒网捕鱼，可不寻常的是，当他把渔网拉上岸时，发现里面竟然有几只金鸡！一只大金鸡，几只小金鸡。正当他惊叹不已时，恰好路过的首相看到了金鸡，便要用二十镑将它们都买下来。渔夫的儿子当然不会答应，一口回绝了他。首相恼羞成怒，将此事告诉了国王，还在一旁怂恿："要知道，这世界上只有尊贵的国王才有资格拥有那耀眼的金鸡啊！"于是，国王将渔夫的儿子召到大殿，而渔夫的儿子不得已只好将金鸡卖给了国王。

其实在大殿上，国王一眼便认出了拿着金鸡的年轻人就是曾与自己对抗多年的渔夫的儿子，便想故意为难他，让他去搜寻一匹会飞的马。

渔夫的儿子不敢得罪国王，所以明知这是几乎不可能完成的事，也只能硬着头皮答应下来。

“到哪里去找那会飞的马啊？”渔夫的儿子觉得这简直比登天还难，每天愁得寝食难安。渔夫的妻子见儿子情绪如此不安便上前询问，得知实情后，渔夫的妻子料想到那是国王有意为难，所以告诉儿子：“村里有个神秘婆婆，每天深居简出，知道许多稀奇事，找她或许能帮上忙。”

第二天，渔夫的儿子便出门了。一路上，他询问了好多陌生人神秘婆婆的住所在哪里。当那些陌生人得知他就是那个善良的渔夫的儿子时，都很积极地为他指路。就这样，渔夫的儿子顺利地找到了神秘婆婆，告诉了她国王要自己找一匹会飞的马。❶

❶ 渔夫虽然已经不在世上，但他仍然活在妻子对孩子的教育中，活在被他帮助过的人们的心中。当这些人看到渔夫之子，回忆起那个已逝的善良、慷慨的好人，都纷纷伸出援手，就像当初渔夫不遗余力地帮助他们那样帮助渔夫之子。这体现的便是“善”的传递，“善”有着穿越时空般持久的影响力。

“嗬，这么多年过去了，这人还是如此刁钻。”神秘婆婆很为渔夫的儿子打抱不平，决定帮助他。“不过你不必太担心，沙漠最中心常有会飞的马出没，你带着这个，”说着，她从背后漆黑的储物柜中掏出一个马鞍来，“马都是认主人的，你只要将这个马鞍放在会飞的马背上，然后骑上去，马便会认你做主人，把它带回来也就不是什么难事了。”

渔夫的儿子接过马鞍，谢过婆婆，然后便朝沙漠中心赶去。那里正如婆婆所说，荒无人烟，火辣辣的太阳照射着眼前的一切。渔夫的儿子静静地等待着，直到会飞的马出现，他按照婆婆所说的那样操作，很快便骑上马，把它带回来交给了国王。

国王很惊讶，因为他未曾想过这渔夫的儿子竟然真的找到了会飞的马。惊讶之余，他想继续为难这个年轻的渔夫，于是没过几天又把他叫来：“我听说这世间还有会跳舞的树枝和能唱歌的水，你去找来给我看看吧！”渔夫的儿子不敢得罪国王，只好默默答应了。❶

渔夫的儿子再次向神秘婆婆求助。

“这个人真是难缠。不过有天神保佑，这些都不是困难。”说着，神秘婆婆又从背后漆黑的杂物柜里掏出了什么东西来。只见她颤颤巍巍地在煤油灯下将一张羊皮纸展开，原来是张地图。她仔细查看了一会儿，指了指地图上的一处，说：“这里，七条河流的彼岸，有你想要的东西。”说罢，她又伸手在杂物柜中取出两样宝物，一个是葫芦，一个是砍刀。❷

“找到七条河流的彼岸后，你就用葫芦盛上河里的水，用砍刀砍下岸边树上的树枝，这时候，你可能会听到一些灵异的声音，那是灵物守护神的声音，记住，千万别回头，你要是一回头，就会被他们抓走，所以，拿上灵物尽快返回。”

渔夫的儿子接过葫芦和砍刀，谢过婆婆后便出发去找七条河流的彼岸了。这回出发可没有那么简单，羊皮地图因为已经有些年头了，所以上面的许多标志在现实中早就消失了，还好渔夫的儿子认得那些山川河流，虽然多走了几天路，但最后总算是找到了地方。渔夫的儿子顺利地取了七条河流里的水和彼岸树的树

❶ 在神秘婆婆的帮助下，心存善良的渔夫的儿子很快就找到了会飞的马儿，可心胸狭隘的国王看到后却又想加大刁难渔夫的儿子的难度。这显然是善与恶的对比。

❷ 仔细阅读你会发现，非洲民间故事中经常出现“葫芦”这个意象。

枝。正当他收拾行囊准备返回时，背后突然传来呼喊声："渔夫之子——渔夫之子——"这声音十分瘆人。渔夫的儿子谨记神秘婆婆的话，根本不理那些声音，埋头继续往家的方向跑去，回去后便直接找到国王交差。

国王看到眼前跳舞的树枝和唱着歌的水惊讶得说不出一句话来，呆呆地望着渔夫的儿子离开。不过他的惊讶逐渐变成了憎恨，他才不会轻易放过这个年轻的渔夫，他左思右想又想到一个坏主意——邀请由食尸鬼所守护的国王的女儿来参加宴会。

渔夫的儿子又把这件事情告诉了神秘婆婆。神秘婆婆听后，气得发抖，说："什么！这个国王竟然提出这么恶毒的要求，要知道，那食尸鬼可是非常恐怖的……"❶

渔夫的儿子毫不惧怕，他用一双坚定的眼睛望着神秘婆婆。

神秘婆婆被他的真诚和勇敢打动，缓缓地说："不过我相信，既然能克服前面的困难，这次天神一定还会保佑你渡过难关。"她从背后漆黑的杂物柜中取出一张纸和一支笔。"食尸鬼出没的地方非常偏僻，去的路上你就会遇到它们。你首先会遇到一个睡着的、挺着大肚子的食尸鬼，"说着，婆婆在纸上画起来，"像这样，你给他洗头剪发，然后坐着等他醒来。接着，你会遇到一个有一只耳朵的食尸鬼，像这样，"婆婆在纸上不断描绘着，"你也给他洗头剪发，然后坐着等他醒来。再走，你会遇到第三只、第四只食尸鬼，他们分别长着细长的双腿和巨大的独眼，就像……这样，做同样的事，然后等他们醒来。通过第四个食尸鬼以后，再走一段路你便能看到那个国家了。告诉国王你的经历，他必然会放心地让你护送公主。"

渔夫的儿子再次上路，果然如婆婆所说，路上最先遇到了大肚子食尸鬼。渔夫的儿子为他洗头剪发后，坐在一旁静静地等待他醒来。大肚子食尸鬼醒来后问坐在身旁的渔夫的儿子："是你给我洗了头剪了发？"

“是。”

“谁让你到这里来的？”

“天神。”

“有胆识！你和那神通广大的渔夫的儿子同样勇敢！”大肚子食尸鬼对这年轻人有了几分敬佩。

“你说的是？”渔夫的儿子听到大肚子食尸鬼的话，心中暗自揣度他说的那个人可能是自己。

“你不知道吗？听说邻国有一个渔夫的儿子，他神通广大，为他们的国王寻来了世间灵物——会飞的马儿、会跳舞的树枝，还有会唱歌的水。”

“哦？若是见到那渔夫的儿子，你会怎么办？”

“若是能见到他，我愿意做他的部下，跟随他。”大肚子食尸鬼兴奋地说着。

渔夫的儿子听言，马上亮明了身份。大肚子食尸鬼果然信守诺言，给渔夫的儿子当了随从。食尸鬼从布袋里掏出一把种子撒在地上，动用神力使种子很快破土发芽、长大成熟。两人将收割的粮食煮成粥，吃饱后便继续上路。❷

有了大肚子食尸鬼的跟随，渔夫的儿子很快便制服了后面的三个食尸鬼，并让他们都成为自己的部下。于是，渔夫的儿子和四个食尸鬼一起去往目的地。他们渐渐靠近了城郭，而城郭里的人发现了巨大的食尸鬼后，就决定把他们烧掉。

“他们看起来很害怕的样子。”独眼食尸鬼仿佛看

❶ 结合国王的贪得无厌以及渔夫曾与国王的长期对抗，从侧面体现了渔夫的为人，而渔夫的儿子则很好地继承了父亲的优良品质。

❷ 在神秘婆婆的指引下，渔夫的儿子很快地解决了身边的麻烦。而受父亲的影响，他自己也名声在外，这无疑也为他提供了很大的帮助。

到了城郭里的情景说。“我听到他们说要放火烧死我们。”大耳食尸鬼说。话音未落，独眼食尸鬼又说：“他们在城门口搭起了棚子，”然后他眯了眯眼继续说，“旁边还堆了许多木柴。”“怕什么，到时候我在肚子里装满河水，谁都烧不着咱们。”大肚子食尸鬼说。

果然，当渔夫的儿子和食尸鬼刚进城就被迎接到棚子里时，人们就迅速点燃了周围的柴火，不过长腿食尸鬼几下便将柴火踢远了。这时，大肚子食尸鬼将肚子里提前储存好的河水从嘴中喷出，刚燃起来的火苗便都熄灭了。

人们见计划失败，不得不将他们放走，并且同意他们带走国王的女儿。不过令渔夫的儿子感到奇怪的是，这个国家的国王竟然没有接见他们。原来，国王前几天刚刚去世，国人请求渔夫的儿子和食尸鬼们等国王的葬礼仪式全部举行完毕后再带走公主。渔夫的儿子不仅同意了，而且还带着食尸鬼帮了他们。

国王入殓后，国内便要马上选出新国王。按照习俗，巫婆将神帽放在神鸟喙中，让它在国内盘旋，帽子落在谁的头上，谁便是天神选中的新国王。

众人都没有想到的是，神帽竟落在了渔夫的儿子头上。在众人簇拥下，渔夫的儿子在这个国家登基加冕，成了国王。从此，他再也不是谁的臣民了。

再后来，渔夫的儿子与公主相亲相爱，共同治理国家。

日积月累

恼羞成怒　寝食难安　揣度　城郭

延伸思考

你认为渔夫之子是一个什么样的人？

月宫少年

名师导读

我们中国的传说中，月亮上有嫦娥、玉兔、吴刚，其实在非洲民间故事中，月宫里也有一位少年，不过这位少年可不是兔子，也不是吴刚。下面这则故事就会告诉你关于这位月宫少年的传说。

这一天，酋长家的牧牛人放完牛，在赶牛回家的路上，一只牛离群掉进陷阱摔断了腿。那陷阱就设在路边，将香蕉园和大路隔开了。原来是香蕉园里的香蕉常常被来往的行人偷取，所以园子的女主人便在园子周围挖出这么一条沟来，用干草、细树枝当伪装，她想既然不能控制别人不偷取香蕉，那就让来偷的人“吃不了兜着走”。

牧牛人实在没办法，又不敢对酋长有所隐瞒，只好如实相告。酋长听到自家的牛被陷阱伤了腿，十分气愤，认为是那香蕉园的女主人有意暗算，于是立马派人将那女主人叫来审问。女人来后便将行人偷香蕉的情况一一告诉了酋长，解释自己挖陷阱的原因。不过让女人没想到的是，这一解释更惹恼了酋长。

“原来这牛是你的‘意外收获’，你想暗算的其实是我的子民！”酋长被气得满脸通红，感到自己的权威被挑衅了，一声令下要将女人处以酷刑。

女人苦苦求饶，酋长最终妥协，放了她一条活路，不过仍要施以惩罚。他说：“我可以饶你性命，不过我要惩罚你的下一个孩子。若你生出儿子，我便要取他性命；若是女儿，则十二岁以后要在我这为奴。”

女人没有别的选择，只好答应了。

女人后来生了一个儿子。孩子出生那天云销雨霁，彩虹高挂，女人给他取名穆瑟凯，意为“美丽的彩虹”。看着襁褓中熟睡的孩子，女人和保姆既开心又难过，她们实在不忍心任酋长将无辜的小生命伤害，于是决定向酋长派来的使者说谎，说她生的是一个女孩。待使者走后，她们便拿出早已收拾好的行囊，带着穆瑟凯远走他乡。管他什么香蕉园，管他什么酋长，到远方后，一切都会是崭新的。❶

穆瑟凯聪明伶俐，天真可爱，很小的时候就帮着家里去山坡上放羊。他最爱在放羊时站在山坡上用芦笛吹牧羊小调。

随着日子一天天过去，穆瑟凯慢慢长大，女人的担心越来越强烈，虽然已经逃到了远方，可酋长势力强大，想要找到他们也不是完全不可能的事。果然，到了穆瑟凯十二岁那天，家里来了一名自称是酋长使者的陌生人，对女人说酋长派他来带走她的女儿。

女人为了能够拖住使者，让保姆谎称穆瑟凯在外玩耍，然后自己急忙跑到山坡上去找正在放羊的穆瑟凯。女人告诉了穆瑟凯事情的原委，一边说着一边心疼地流下了眼泪。这时使者还在家中等待，女人赶忙将穆瑟凯装扮成女孩子的样子，说：“孩子，都是母

❶ 用谎言去掩盖事实的真相和远走他乡的逃避，这两种做法真的可行吗？答案一定是否定的，因为谎言终究会被揭穿，逃避也终究解决不了问题。

❷ 想念远方母亲的心无法被掩藏得滴水不漏，穆瑟凯对母亲的思念竟然成为别人怀疑他身份的有力证据。

❸ 没错儿，“纸终究包不住火”，被欺骗的酋长接下来会怎么做呢？继续往下阅读。

亲的错，如今你只身前去酋长家，母亲却无能为力，你一定要多加小心，千万不能暴露身份！”

女人始终放心不下穆瑟凯，于是让保姆假装成酋长家的仆人和穆瑟凯一同前去。酋长见“女孩”长得清秀可爱，便对站在“女孩”身边的保姆说：“教她家中规矩，安排她做我的厨娘。”

初到陌生的环境，穆瑟凯处事十分小心，少言寡语也没什么朋友。可孩子毕竟是孩子，日子一天天过去，他熟悉了周围的环境后便开始放松了警惕。

一天，穆瑟凯被派去跟着老仆人去山坡放羊，他在路上捡到一只芦笛，便一直拿在手中把玩。站在山坡上，望着青青的山野和群群绵羊，他不由得想起了和母亲在一起时那无忧无虑的生活。穆瑟凯将芦笛放在嘴边，闭上眼睛，吹起了那首熟悉的牧羊曲。

就当穆瑟凯沉浸在对母亲和过往生活的思念中时，老仆人在一旁看到了吹芦笛的穆瑟凯，开始对“她”的身份产生怀疑。因为部族中只有男孩子才会如此熟练地牧羊，也不曾有女孩吹过芦笛。❷

渐渐地，周围不少人都知道了穆瑟凯会吹芦笛，再加上穆瑟凯平时的行为举止十分不拘小节，说“‘她’不是女孩”的声音逐渐多了起来。直到有一天，这些话终于传进了穆瑟凯的耳朵，吓得他躲进屋子不敢出门了。保姆知道后也十分惊慌，担心他的身份败露被酋长抓住，那必然只有死路一条。

可是纸终究包不住火，酋长听说了这件事后震怒：“竟然欺瞒我这么多年，把我这酋长当作什么了！我就不信还有如此胆大包天之人！明日将那女孩带过来，我要亲自审问！”❸

穆瑟凯知道自己瞒不过酋长，但又不能坐以待毙，只好在后院里来回

踱步，可想破脑袋都想不出一个应对的办法。

“小姑娘，这么晚了怎么还一个人在外面，不进屋睡觉呢？”听到上方突然传来的声音，穆瑟凯惊奇地抬起头张望，原来是一只猫头鹰。他又沉闷地低下头，说：“其实我是男孩。”

“所以？”猫头鹰不明白穆瑟凯为什么因为自己是个男孩而闷闷不乐。

穆瑟凯将自己的故事告诉了猫头鹰，希望猫头鹰能帮助他。❶

“原来是这样，去求助月亮吧，他可以帮你。”说完，猫头鹰便倏地从树枝上飞走了，留下穆瑟凯呆呆地站在院子里。

“小伙子！小伙子！”穆瑟凯突然听到脚下好像有人叫他，便蹲下来在草丛里翻看，啊，原来是一只蟋蟀。

“是你在叫我？”穆瑟凯让蟋蟀爬上自己的手指，凑近了对它说。

“是我在叫你。我刚才无意间听到了你们的交谈，猫头鹰没有骗你，你现在确实只能找月亮帮忙了。”蟋蟀窸窸窣窣地说着，穆瑟凯靠得很近才能听清楚它的话。

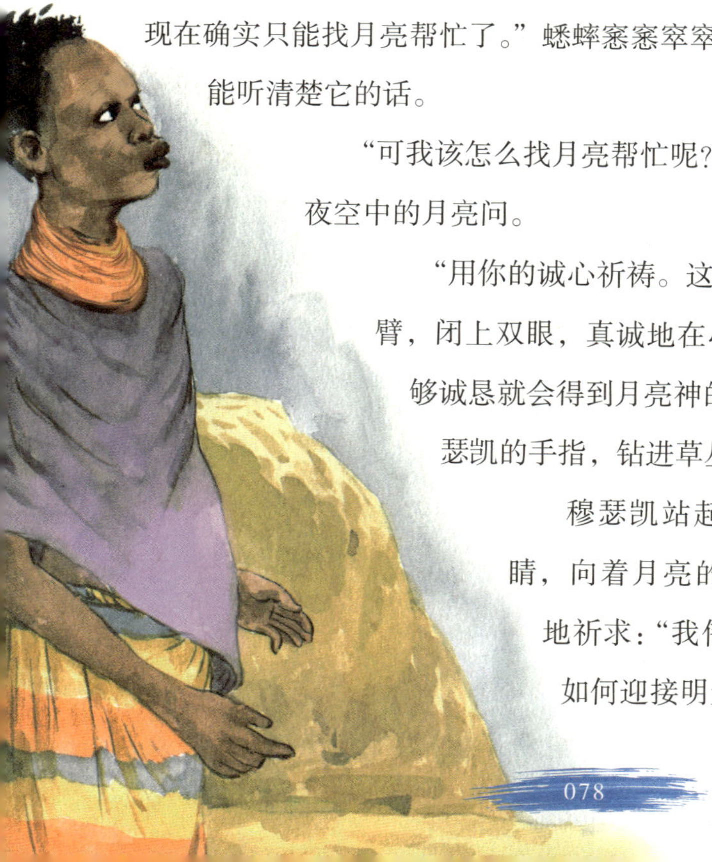

“可我该怎么找月亮帮忙呢？”穆瑟凯抬头望着高高挂在夜空中的月亮问。

“用你的诚心祈祷。这样，你站起来，伸展两只手臂，闭上双眼，真诚地在心中默想你的请求，只要足够诚恳就会得到月亮神的回应。”说罢，蟋蟀跳下穆瑟凯的手指，钻进草丛不见了。

穆瑟凯站起身来，伸展双臂，闭上眼睛，向着月亮的方向仰起头，在心中诚恳地祈求：“我伟大的月亮神，请告诉我该如何迎接明天的到来……”他默念了几遍后，果然有一个十分空灵缥缈的声音从不远处飘来："穆瑟凯，我的孩子，明天你必然逃不过这一劫。不过你可以在霓之邦暂时居住。"

"霓之邦……那不是月亮神的宫殿吗？我怎么可能到天上去呢？"穆瑟凯虽然很高兴得到了月亮神的回应，但霓之邦高高挂在天上，凡人根本不可能到达。❷

"你若愿意来，我便为你布一场雨，然后你就顺着雨后的彩虹上来。"

穆瑟凯听言赶忙点头。

很快，雨果然下了起来，穆瑟凯坐在屋檐下等待雨停。到晨曦微露时，雨渐渐停了，天上架起了一座巨大的彩虹桥，彩虹的两端分别是霓之邦和酋长家后院。走之前，穆瑟凯蹲下呼唤蟋蟀："蟋蟀先生！蟋蟀先生！"听到蟋蟀窸窸窣窣的动静后，穆瑟凯接着说："麻烦你告诉保姆和我远方的父母，就说穆瑟凯一切安好，不必担心。"说完就匆忙上了彩虹，他得赶在天亮之前到达霓之邦。

第二天，酋长派来的使者很早便来到了穆瑟凯的房间。不过房间里空空荡荡，使者立马意识到"小女孩"可能已经逃跑了，于是便告诉了酋长。酋长赶紧下令全力搜寻那个"女孩"。

蟋蟀一路奔波终于到了远方，它告诉穆瑟凯的父母穆瑟凯乘着彩虹去了霓之邦。

穆瑟凯的母亲知道儿子逃过一劫，心里的大石头

❶ 在这里，穆瑟凯没有朋友可以倾诉心中的烦闷，所以当他看见猫头鹰这般关心自己时，便忍不住向它倒出了心中的苦水。可以说，他现在把全部的希望都寄托在了这只猫头鹰的身上。

❷ 蟋蟀的出现再次肯定了猫头鹰所说的话，在自己毫无办法可想的情况下，穆瑟凯决定相信它们的话。没想到虔诚的祈祷果然成真，不过他还是有些不敢相信眼前发生的一切。

终于落了地，但是现在这样又不知何时才能母子团聚。从此以后，每当夜幕降临，穆瑟凯的父母都会依偎在一起，痴痴地望着天上的月亮，想象着儿子在月宫的生活。他们时常能看到明亮的月盘中有一个小小的影子，那个便是他们的儿子。

不过喜欢赏月的人可不知道这个小小的人影是谁，有人说那是月亮神新收的徒弟，也有人说那是月亮神。没人知道那人影背后到底隐藏着什么样的故事，于是他们就将看到的人影称为“月宫少年”。

日积月累

挑衅　不拘小节　坐以待毙　窸窸窣窣　缥缈

延伸思考

如果你是穆瑟凯，你准备如何应对酋长的拷问？

路卡拉的故事

名师导读

非洲民间故事中，动物都十分具有灵性，体现了非洲人民对自然的敬畏。下面这则故事讲述的便是人类酋长的儿子在成长过程中受到动物们帮助的事。

路卡拉是酋长恩达拉比的第一个儿子。

一天，路卡拉跑来告诉父亲自己做了一个奇怪的梦，梦里有一个像音乐一样好听的声音告诉自己，他必须和大地与水之神路卡拉一起生活在海里，否则他就会死。

“所以父亲，真的有一个和我名字相同的大地与水之神吗？”路卡拉问恩达拉比酋长。

恩达拉比酋长长长地叹了一口气，他早该料到，这一天终究会到来。

“我亲爱的孩子，事情其实是这样的……”

原来，恩达拉比酋长的妻子在怀路卡拉时只吃得下新鲜的河鱼，所以他便派使者卡东每天去河里捕新鲜的鱼。可是有一天，卡东将渔网捕捞上来时，惊讶地发现从里面走出一个人头鱼身、只到他膝盖那么高的怪物。

卡东吓坏了，声音颤抖着问：“你……你是谁，怎么会在我的渔网里？”

“我？”人头鱼身的怪物说，“我是大地与水之神，叫你的主人恩达拉比酋长和他的妻子一同来见我，否则，你们整个部族再也不要妄想从我这里得到一鱼半虾。”

> ❶ 路卡拉长大后，父亲不再向他隐瞒真相，并把事情的来龙去脉原原本本地说出来。父亲这样的做法很明智，既维护了路卡拉的知情权，又培养了路卡拉的独立意识。

> ❷ 路卡拉在帮助动物们之前并不知道会得到什么回报，正是这种不求回报、无私的付出感动了动物们。

卡东听后，慌忙起身赶回家告诉了酋长。酋长听后十分恐慌，于是带着妻子，穿上最隆重的服饰前去拜见大地与水之神。到河边后，酋长虔诚地对着河说道：“伟大的大地与水之神，我是恩达拉比，我按照您的吩咐带着妻子前来拜见您了。”说完，河里便出现了一个旋涡，半人半鱼的大地与水之神从旋涡中间缓缓升起。

“很好。”大地与水之神说，“你的仆人可以每天都来我的河里捕鱼，不过，我有一个条件，如果你们生的是个女孩，那么她长大之后必须成为我的妻子，如果是个男孩，那么他必须以我的名字‘路卡拉’命名，并且成为我的儿子。”说罢，他便又从旋涡里沉下去不见了。

恩达拉比酋长和妻子紧紧依偎在一起，不知未来该如何面对自己的孩子。

后来，恩达拉比和妻子的孩子出生了，是个男孩，他们便给他取名为“路卡拉”，但实在不忍心将自己的骨肉就这样送给大地与水之神，于是就悄悄地将孩子留下，在部族里抚养。

转眼间，路卡拉已经从那个只会在襁褓里哭泣的婴儿长成如今这个聪明勇敢的男孩儿。

“事情就是这样，”恩达拉比轻轻抚摩着路卡拉的头发，语气沉重地说，“我亲爱的孩子，既然你做到了这个梦，那说明大地与水之神很快就会来找你了，你必须马上离开这里，走得越远越好。”恩达拉比拉着儿子的手起身，走向房间准备给路卡拉收拾行囊。

临行前，恩达拉比叮嘱路卡拉：“孩子，这是一头公牛，你骑着它赶路。这里还有一群鸡鸭猪羊，可以当作食物。切记，不要过河，要是走到河上，那大地与水之神必然会马上发现你，到时候一切都来不及了。”❶

路卡拉紧紧握住父亲的手，双眼满含泪水，双唇紧闭，一言不发。

“去吧，我的孩子，不要哭，用不了多久，我们一定会相聚。”恩达拉比松开手，鼓励儿子勇敢出发。

出走后的路卡拉一直居无定所，四海为家。一天，他在树林里的空地上遇到了一只狮子，狮子旁边是一只已经死掉的羚羊。“路卡拉！你来得正好！”狮子说着跑到路卡拉跟前，满面愁容地说，“请想想办法帮我把这只羚羊分成碎片，好让树林中所有的动物一起分享。”

路卡拉没有犹豫便答应了。不过，一只羚羊远远不够，于是他将临行时父亲给自己带的鸡鸭猪羊宰掉几只，将这些食物都分成均匀的若干份，树林里的所有动物都分到了一份。

“谢谢你，路卡拉。”狮子代表树林里的全部动物向路卡拉表示感谢，“我们将用自己的方式来报答你的慷慨和善良。未来，当你遇到危险时就高喊‘台来兹’，然后加上任意一种动物的名字，你就能变成这种动物。”❷

傍晚时，动物们送路卡拉离开了树林。他还不知道，这些动物对自己而言将会有多么大的帮助。路卡拉继续远行，这次他到了安哥拉的一个村子。他大喊一声：“台来兹鸟。”话音刚落，他便化身为一只有美丽羽毛的鸟儿，自由地在天上翱翔。

这里酋长的女儿契尼

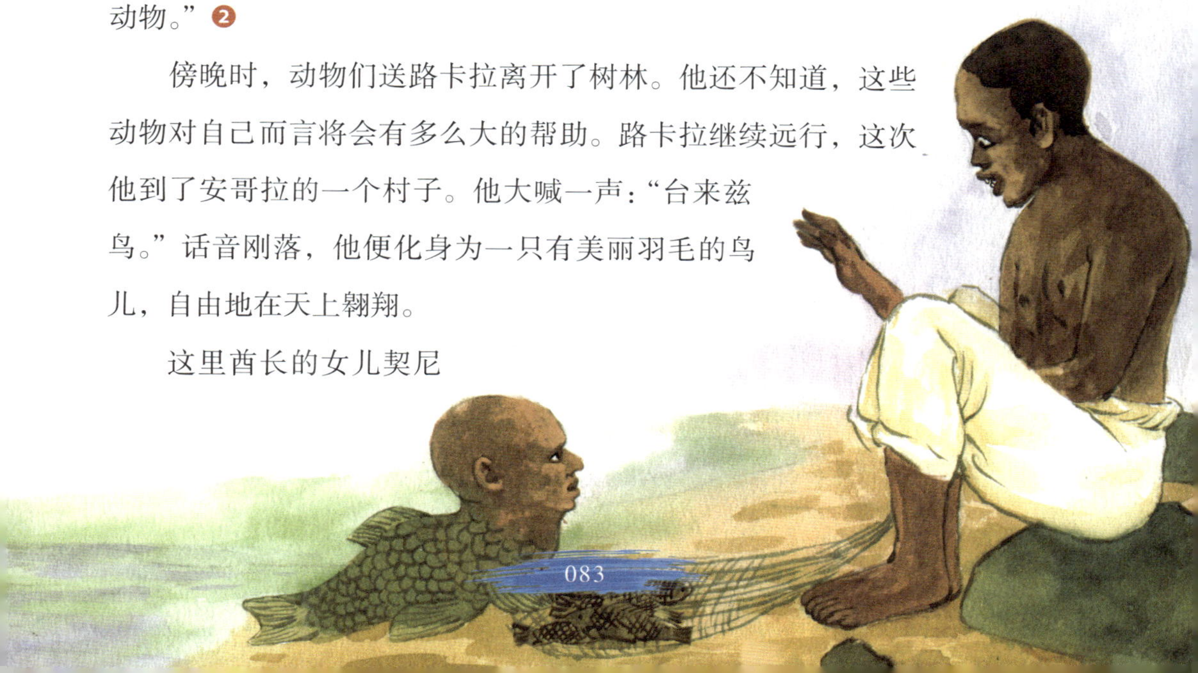

倾国倾城，她看到路卡拉化身的鸟儿惊叹道："天呐，我从未见过如此可爱的鸟儿。"路卡拉被契尼甜美的声音吸引，化为人形与她相见。后来，两人深深相爱了。

酋长莫西知道后，想见见女儿心爱的人，便派使者把他请来。见到路卡拉后，莫西觉得他是一个勇敢而忠诚的男子，十分喜欢。路卡拉也不愿隐瞒什么，于是将自己为何能化身成鸟的前因后果，以及大地与水之神的事都告诉了莫西，然后请求酋长将女儿契尼嫁给自己。

"我亲爱的孩子，只要你们两情相悦，我便同意，我便开心，不过……"莫西好像有所顾虑。

"尊敬的莫西酋长，有什么要求您尽管提便是了。"路卡拉看出了莫西似乎有什么心事。

"其实是这样，多年前，我心爱的小女儿被敌国掠走，成了俘虏，从那以后我再未见过她……"莫西十分悲痛地诉说着，然后紧紧抓住路卡拉的手请求，"我祈求你将她带回来。"

"放心，我一定将她带回来。"路卡拉也将自己的手搭在莫西的手上面，坚定地回答。

"台来兹老鹰！"路卡拉大喊一声，立即化身成雄鹰，展开巨大的翅膀，扑哧两下便飞出八千里。他飞过不知多少部族村落，飞过一片又一片树林，一边飞一边仔细观察地上的人，终于在一个路边的垃圾堆旁发现了一名神似契尼的女孩，路卡拉认定那便是契尼的妹妹。

等夜幕降临以后，路卡拉偷偷潜入女孩的房间。为了不让女孩被自己吓到，在女孩看到自己的瞬间，他便捂住女孩的嘴，轻声说道："别害怕，我是你父亲派来救你的，我叫路卡拉。"看到女孩对自己放下防备，他将手拿开，继续说："不好意思冒犯了，听我说，等会儿会有一只老鹰带你离开，不要害怕，我知道你有很多问题，但是请你相信我，等回去我再慢慢向你解释。”

女孩点点头。

“好，现在听我说，数到三就跑，一、二、三！”

看来女孩完全相信路卡拉，一听到“三”便冲出房门埋头跑起来。

女孩刚冲出房门，敌国勇士便举着长矛叫嚣着：“来者何人！如此胆大，竟敢私放俘虏！受死吧！”他们一边喊着一边用力地挥舞着手中的长矛，朝女孩房门前站着的路卡拉掷过来。路卡拉灵敏地躲开，茅屋被长矛击中，随即轰塌。

路卡拉躲开的同时大喊：“台来兹大象！”瞬间，他化身成大象，扇动起两只大耳朵，勇士们便纷纷站不住了脚。这时他又奋力鸣叫，勇士们便都将武器撂下，空出双手紧紧捂住耳朵。接着，他又迅速化身成老鹰，抓住女孩的衣服，带着她飞回了家。

莫西酋长一家终于团聚了，他们都十分感激路卡拉，而路卡拉和契尼两人也有情人终成眷属。

日积月累

旋涡　慷慨　俘虏　冒犯

延伸思考

如果你是路卡拉，你会如何利用“台来兹”这句咒语？

德里比卢的故事

名师导读

非洲民间故事中，天神们分工协作共同维护世界的正常运转。天神们各怀绝技，对这个世界来说，缺一不可。下面这则故事讲述的便是众神惹怒德里比卢神后，天界和人间发生慌乱的传说。

德里比卢是暴风雨之神提修布的儿子，天上众神看他年幼可爱，总爱捉弄他，不过德里比卢继承了父亲的暴脾气，被众神惹恼后便离开天界，一走了之了。可是，他这一走，天界和人间可都遭了难，因为他是掌管生命的神，他的离开使世间所有的生命都不再繁衍——人类和动物不再繁殖，花草树木不再茂盛，庄稼粮食不再结果，江河湖海不再流淌，天界的仙花仙草也都枯萎了。天神们纷纷慌了神。

人类的储备很快就消耗殆尽了，食物和水的匮乏使人类的数量急速减少，他们十分惶恐却又无能为力。于是所有人将人间仅剩的一点点粮食聚集在一起，供奉天神，祈求天神降临拯救他们。往常，天神们听到人间的祈求便会商榷如何救助，可这次，天界自身难保，人间供奉的供品对天界而言也只是杯水车薪。❶

提修布对自己离家出走的儿子担心极了，每天在宫殿门口来回踱步，盼望着德里比卢能尽快回家。

日子一天天过去，谁也不知道德里比卢去了哪里，什么时候回来。众神聚集起来，共同商议，大家一致认为需要尽快找回德里比卢，于是太阳神派鹫去四海八荒各处寻找。可鹫寻遍了所有山河林谷，都没有看到德里比卢的身影，只好返回天庭向太阳神报告。

提修布找到德里比卢的母亲——宁多女神，打算问问她对孩子的去向有没有什么线索。

“我们得尽快找回德里比卢，按照现在的情况发展下去，人间和天界都得遭殃。”提修布见到宁多女神后忍不住忧心忡忡地念叨起来。

“我想，这次恐怕需要你亲自出马寻找儿子。”宁多女神一边轻拍着丈夫的肩膀安慰，一边回答，“除此之外我暂时想不到其他办法。”

提修布觉得自己确实需要有所行动，便转身出发前去寻子了。提修布用自己的狂风暴雨打开每一座城堡的大门，一一查看是否有德里比卢的踪迹，直到他撞开天尽头最遥远的城堡的大门，也没有看到儿子的身影。

提修布郁闷地回到天庭，告诉妻子自己出去这趟一无所获。

宁多咬咬牙，对垂头丧气的提修布说道：“看来，只能采取最后的办法了。”提修布听到宁多说还有办法，耷拉着的脑袋又抬起来了。❷

“不过……”宁多似乎有些犹豫，想必这是下下策，否则她一定会早拿出这个办法，她继续说，“最后

❶ 即使是天界也会有遭难的时候。所以说，不论是多么厉害的人都会有他的弱点，一个强大的团体往往就是因为一小部分的失利而溃不成军。

❷ 提修布亲自出马也没起到丝毫作用，可见德里比卢的藏身之处是有多么隐秘，这也从侧面表达了德里比卢不想被人找到的决心。那么接下来，母亲会用什么方法引德里比卢出来呢？

❶ 宁多女神是众神的一员，但也是德里比卢的母亲，做出这个决定对她来说是十分煎熬、艰难的。这段情节表现出在非洲民间故事中，即使是天神也是富有人情味、富有感情的，而非高高在上、完全理性的存在。

❷ 即使是天神也会犯错，天神犯错也要对自己的行为负责。

的办法就是召集来所有的蜜蜂，让它们去寻找德里比卢。这些蜜蜂身体小巧，可以搜寻我们看不到的地方，而且它们飞行速度很快，全体出动，两天便能有结果。”

“那岂不是……”提修布听完便知道宁多的担心之处。可他的话还未说完，宁多便动用神力召集了千万只蜜蜂，命令它们去找德里比卢。

“没错，我只能控制蜜蜂去寻找，但不能控制它们的攻击行为，所以到时候，德里比卢必然会遭到蜜蜂的攻击，他会因此受伤……”不过，为了人间和天界的生灵，宁多只能出此下策，但一想到自己的孩子会被蜜蜂蜇伤疼痛难忍的样子，她的心便会揪起来一阵阵地疼。❶

蜜蜂们接到命令后四散而去，在各种狭小的空间穿梭搜寻。不久，它们便找到了德里比卢的藏身之处。蜜蜂们找到德里比卢时，他正沉浸在美梦里，于是蜜蜂们开始疯狂地用尾针攻击他。他疼得从床上跳了起来，看到满屋子的蜜蜂便知

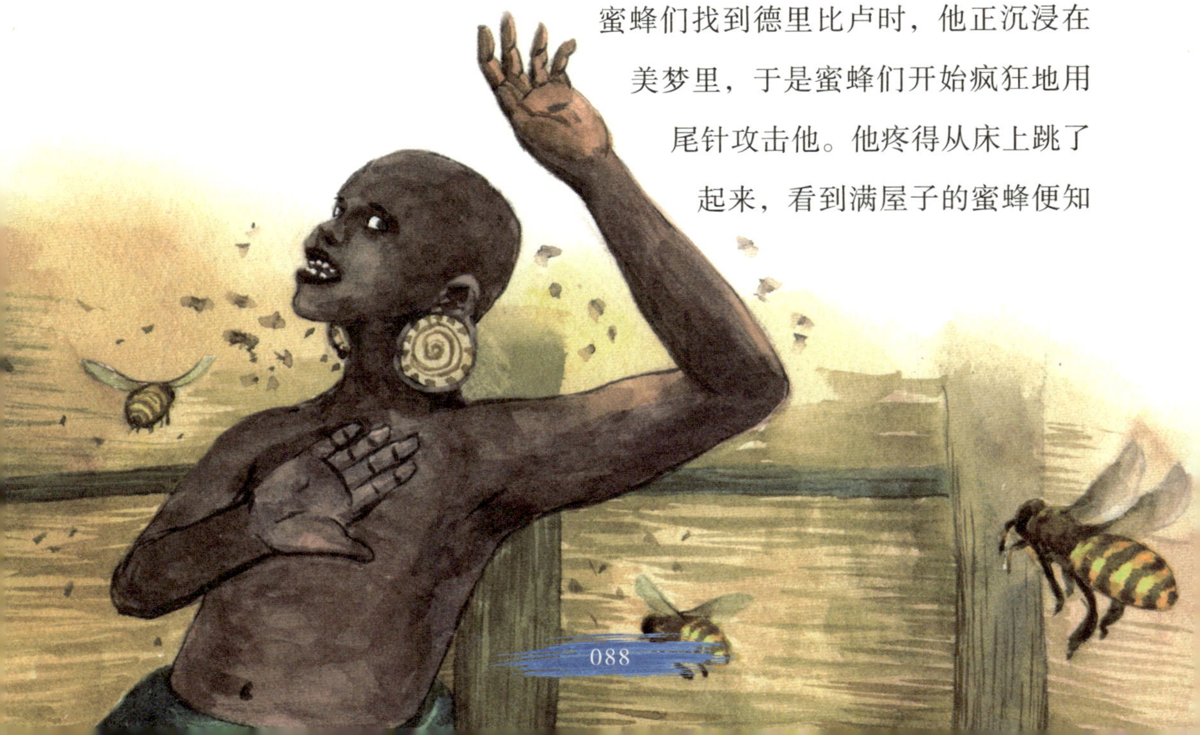

大事不好，天界在动用全部力量搜寻他。

不久，蜜蜂们便向天界传来已找到德里比卢的消息，这让整个天界都松了一口气，不过也让众神都暗暗自责，悔不当初，不该没有分寸地捉弄德里比卢。众神们纷纷拿出自家的奇珍异宝，排着队去拜访德里比卢，还用天界稀有的香油为他涂抹蜜蜂蜇过的伤口，以减轻痛苦。

天界蜜蜂的杀伤力可不能小瞧，哪里是小小香油就能抚平的！德里比卢疼得坐立难安，怒气不仅没消，反而更加旺盛了。

卡姆卢少巴女神见状，立马派鹫前去："德里比卢的疼痛只有你扇动翅膀才能消减！快去吧！"接着，她招来众神侍卫哈邦达，说："德里比卢的疼痛只有用十二只羊的鲜血才能消除！你速速准备给他送去！"吩咐好后，她又亲自去拜访德里比卢，为他施法念咒缓解痛苦。❷

终于，德里比卢不再疼痛，怒气也消解了，冷静下来的德里比卢意识到了自己的错误，决定返回天界。

众神聚集在天庭门口迎接德里比卢，还带着他去往新住宅——那是众神专门为德里比卢建造的全新宫殿。宫殿有七扇宏伟的大门、高耸的穹顶，还有美丽的庭院和折射七彩阳光的窗子。

从此，德里比卢开心地在宫殿里生活，再也没有离开过天界。世间的生命也都因德里比卢的归来而重焕生机，天界和人间都是一幅繁荣的景象。

日积月累

消耗殆尽　匮乏　商榷　杯水车薪　忧心忡忡　郁闷　一无所获　耷拉　穹顶

延伸思考

你认为故事中天神犯错应该和普通人犯错一样，接受同等的惩罚吗？

猴子戏鳄鱼

名师导读

非洲民间故事中，猴子常常是聪明的象征。通常，猴子和鳄鱼放在一起时，我们会为看起来弱小可爱的猴子担心，认为鳄鱼处于强势地位。下面这则故事会颠覆你的想象，快来看看猴子是如何机智地从鳄鱼口下逃脱的吧！

万里无云的大晴天，整个人间找不到一处阴凉的地方。太阳挂在空空荡荡的天上，炙烤着大地上的每一棵树、海里的每一滴水。

这时鳄鱼王正在海岸边徘徊游荡，两只眼睛一眨也不眨地盯着岸边的一棵树。原来，树上有一只猴子在荡秋千，鳄鱼王是在等着那脆弱的树枝断裂，迎接美味的午餐！可树枝久久不断，鳄鱼王只好眼巴巴地躺在岸边盯着它："我倒要看看你这小猴子还能开心多久。"

"啪！"

鳄鱼一听到树枝断裂便"唰"地冲出水面，朝小猴子的方向全速游过去，迫不及待地想要享用午餐。可当它冲到岸边时却发现，小猴子正好落在一棵漂浮在海面的枯树上，而海浪正推着枯树和小猴子向海里漂去。鳄鱼王见状立马召集部下将枯树团团围住，命令它们将枯树推向一座海中的小岛。

鳄鱼王的部下们潜在水下，小猴子并没有发现。看到自己不断靠近陆地，小猴子便以为那是对岸，于是抓住岸边的树枝，三两下跳上了孤岛，然后扭过头对着鳄鱼王说："来呀！有本事你就上岸来！"

鳄鱼王知道自己在岸上没有优势，也不会被这小猴子的三言两语激怒，况且，小猴子已经被自己困在了岛上，吃掉它还不是早晚的事。于是鳄鱼王悠闲地在岸边浮游，不紧不慢地回答："嘀！向我叫嚣？我看你啊还是先管好你自己吧！你以为你逃得出这座小岛吗？"

小猴子听言，窜到树顶环视，才发现自己果真是被困到了一座离海岸很远的小岛上。

"看到了吗？这里可是我的地盘，我的整个家族都在这里午休，当然，这里也是我们最喜欢吃午餐的地方！"鳄鱼王十分骄傲地夸耀着，"所以我劝你啊，还是早些认命，乖乖下来让我吃了吧。你若不下来，我便派我那成千上万的家族成员轮番看守你，到时候啊，你只能饿死在岛上了。"鳄鱼王语气可怖，故意恐吓小猴子。

小猴子灵机一动，从树顶上跳下来，攀到低一些的地方，对着鳄鱼王挑衅道："哦？是吗？我怎么听说你们鳄鱼都要灭绝了呀！"小猴子用余光瞟到鳄鱼王瞬间涨红的脸，继续说："只有我们猴子才能用成千上万来形容，而你们鳄鱼……"

鳄鱼王最骄傲的便是自己那庞大的家族部落，况且自己作为鳄鱼之王，听到一只猴子如此嚣张的嘲讽实在忍无可忍："你这个小破猴，我就让你在临死前见识见识我们庞大的鳄鱼家族！"

"好呀！我倒要挨个数清楚，看看你是不是在吹牛！"猴子见鳄鱼上钩，立马便答应，"不过，你作为鳄鱼之王得保证我在数到一万只之前，不会被你那不听话的手下吃掉，而且，如果我要是数完发现不到一万只，你就得放我走。"

鳄鱼王心想："这可关乎自己作为万鳄之王的尊严和名声！"它一口答应了，然后转身潜入水中去召集自己的家族成员。不一会儿，鳄鱼们便一

❶ 看到这里是不是觉得这只猴子更像一个领导者呢？确实，猴子十分聪明，紧紧抓住鳄鱼王的心理活动，每一个举动都是为了后面的自救计划做铺垫。

❷ 聪明的猴子完全把凶猛的鳄鱼玩弄于股掌之上，并且成功地从鳄鱼的口中逃脱。这也告诫我们，在困难面前不要轻易低头，要多思考、多动脑，这样才能找到解决问题的适当办法。

层又一层、一圈又一圈地围满了小岛周边的海域。

“下来数吧！一万只鳄鱼！只会多不会少！”鳄鱼王冲着树上的猴子说。

小猴子敏捷地从树上跳下来，站在岸边迟迟没有行动。

“怎么不数啊？难不成你是怕了？怕了便说，我给你个痛快！”鳄鱼王说着哈哈大笑起来。

“我说鳄鱼王啊，你这部下确实不少，不过你看看它们，”小猴子故意用嫌弃的语气向鳄鱼王抱怨，“一个个横七竖八、三三两两地聚在一起，别说纪律了，连队伍都没有，这么乱，我怎么数？”

鳄鱼王听了十分不悦，冲着部下们吼道：“都给我安静！一个挨一个排好了！”尽管鳄鱼们对鳄鱼王的指挥照做不误，可它们毕竟数量众多，挤在一起实在难以移动，鳄鱼王指挥了半天，鳄鱼群还是乱糟糟一片。

“这样，你让一只鳄鱼来岸边，其余鳄鱼都咬住前一只鳄鱼的尾巴，这样排成一列，我便跳到它们的背上数了。”小猴子站在岸边给鳄鱼王支着儿。

鳄鱼王并不擅长数数，听小猴子说这样方便数数，也方便指挥部下们，便让它们一个个咬着前一个的尾巴排成了长长的一列。❶

“一、二、三……十五……五十……”鳄鱼们一边排列，小猴子一边数着，鳄鱼王就在岸上指挥。

“你的部下不怎么听你的话呀！”“瞧你这万鳄之王当的，怎么没点威严！”“你有没有数字概念！”为了支开鳄鱼王的注意力，小猴子数着数还不忘刻意讽刺戏弄鳄鱼王。

鳄鱼王此时满脑子都是不能丢了尊严，一定得保证一万只鳄鱼就位，全身心沉浸在指挥部下们的工作之中。

猴子越走越远，数数的声音也越来越小，不知什么时候，鳄鱼王便听不到猴子的声音了。它四处张望发现猴子已经跑远了，这才恍然大悟自己中了这小破猴的计谋，气得怒吼：“好你个小破猴竟敢戏弄我！给我抓住它！”

可这时候小猴子已经到了岸边最后一只鳄鱼背上，那是一只上了年纪的老鳄鱼，等它反应过来，猴子已经到了岸上。老鳄鱼张开大嘴奋力向岸边扑去，虽然咬住了猴子的尾巴和几撮屁股毛，但还是让猴子逃跑了。❷

鳄鱼们群情激愤，觉得自己堂堂鳄鱼竟然被一只小破猴耍得团团转，纷纷吵嚷着要讨个说法。“都是鳄鱼王！”“面子都丢尽了！”“它不配做我们的鳄鱼王！”鳄鱼群中有声音说要讨伐鳄鱼王，很快鳄鱼们便达成一致，决定重立万鳄之王，派那只自以为是、蠢得要命的鳄鱼永远驻守岸边。

前鳄鱼王孤零零地在岸边度过自己悲凉的余生，唯一的安慰便是那只猴子没了尾巴，只剩下光溜溜的屁股。后来，人们管这些光屁股的猴子叫“狒狒”。

日积月累

炙烤　徘徊　眼巴巴　横七竖八　群情激愤　讨伐　孤零零

延伸思考

如果你是这只被困在岛上的猴子，你有什么好办法逃脱吗？

会魔法的公主

名师导读

我们每个人生来就被许多人喜爱，在被爱的同时我们也应该学着如何去爱别人。下面这则故事发生在会魔法的公主和果园少年之间，它会启发我们如何正确地去爱一个人。

从前，有一户相亲相爱的五口之家，丈夫和妻子抚育着兄弟俩和小女儿，一家人以经营果园为生。

弟弟从小在自家的果园里长大，喜欢在里面玩耍嬉戏，读书弹琴。每当夜幕降临时，他就会抱着自己心爱的琴来到果园独自歌唱。他拥有天籁之音，凡是听到他声音的人都会沉浸其中无法自拔。毫不夸张地说，就连天上都不一定有如此美妙的歌声。

一个平常的夜晚，弟弟像往常一样来到果园，坐在树下开始拨弄琴弦，和着琴弦演奏出的旋律，他跟着轻轻哼唱。风穿过果园，树叶沙沙作响，泉水叮咚流淌，都好像是在为他伴奏。

弟弟动人的歌声吸引了从空中飞过果园的公主——没错，她是一位会魔法的公主，由于国王父亲管得严，她只好每天晚上驾着木桩和宫女一起偷偷溜出宫。这天恰巧飞到了果园上面。

“是谁在唱歌？”公主问宫女。可宫女怎么会知道呢？于是她继续说：“下去看看。”说着，公主驾着木桩和宫女一起悄悄降落到果园的一角。落地的公主躲在一棵果树后偷偷地看着弹唱的男孩，看得入了迷。等到一曲终了，她便拍着手从树后走向男孩，赞赏说："这样美妙的曲子大概只有在天上才能听到吧！你的歌声真是太美妙了！"

"姑娘过誉了。"弟弟谦虚地摆手道谢。

两人聊得很投机，男孩拿出新鲜的水果招待公主，公主请男孩唱了一曲又一曲，沉迷于男孩的天籁，竟然忘了时间。转眼，天都要亮了，她不能再继续停留，得马上飞回城堡。

可公主不忍和男孩分别，于是她掏出随身携带的香水递给男孩，说："再见天籁，我必须得离开了。记住我的味道，晚上我再来找你。"说着，她打开香水瓶盖向男孩凑去，男孩闻到香水后便倒地不起了——原来那不是香水，而是能让人灵魂出窍的魔法。公主抓住男孩的灵魂，掏出一个琉

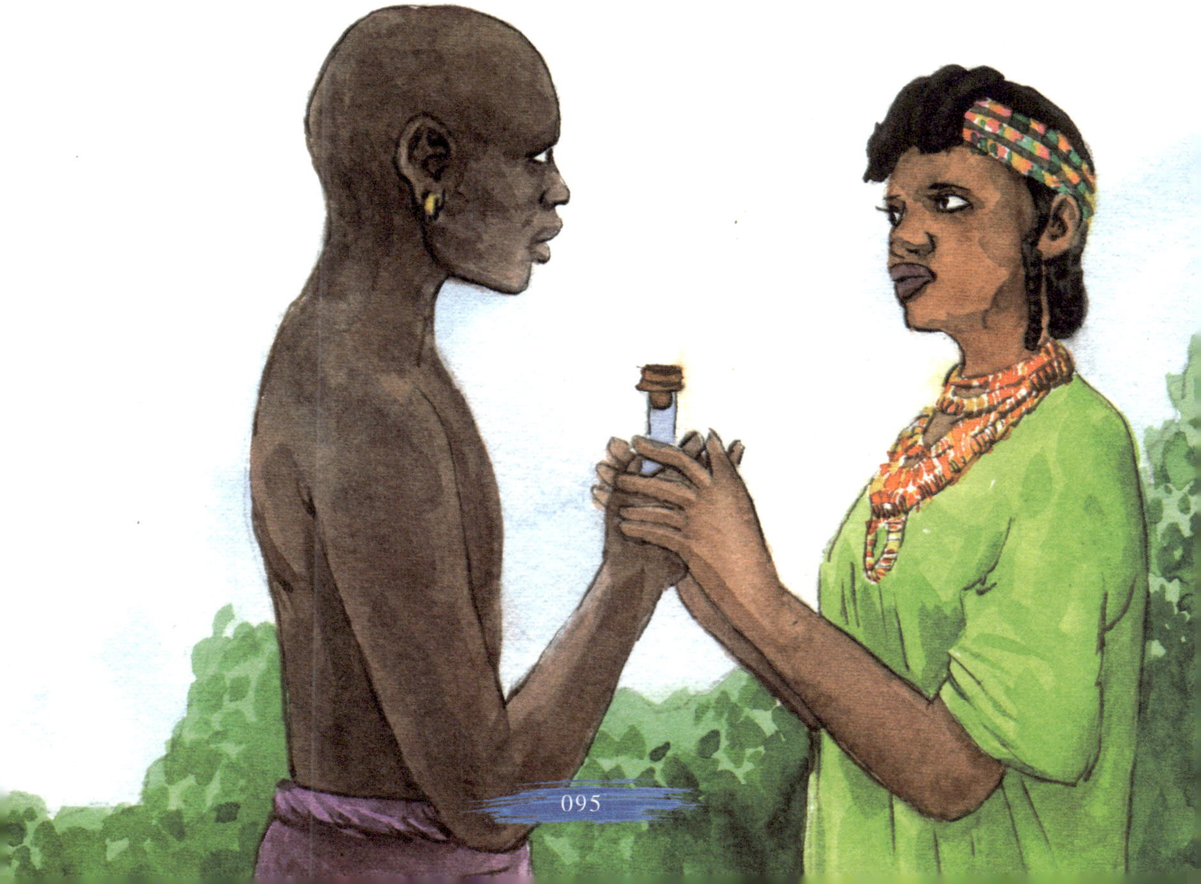

璃瓶，将男孩的灵魂保存在瓶中，又将瓶子埋在树下，然后驾着木桩和宫女一起飞向城堡。

而男孩的身体就留在果园的树下，仿佛一具尸体。

夜幕降临，公主果然又驾着木桩来到了果园。她挖出琉璃瓶，一拔出瓶塞，男孩的灵魂便飘出来钻进了躯壳，男孩便恢复如初了。他好像什么也不记得，像前一天晚上一样和公主打招呼，拿出新鲜的水果招待她，唱同样的歌，弹同样的曲子。男孩美妙的歌声就算听一万遍都不会腻烦！就这样，公主又听了一夜，黎明之前，她又将男孩的灵魂装进瓶子，埋在了地下。男孩的身体也如前一天那样，仿佛一具死尸般倒在树下。❶

许多天过去了，公主每天都来果园，男孩每次都灵魂出窍。男孩的家人这些天都没有见过他，不免心生担忧。父亲心想这孩子或许是沉迷演奏忘了日子，便去了果园他最常去的地方看一看。让父亲没想到的是，迎接他的不是儿子美妙的歌声，而是躺在树下已经没有温度的“尸体”。

父亲抱住儿子的身体放声痛哭，自责为何没有早些发现。听到父亲的哭声，家人纷纷赶来，原本欢乐幸福的五口之家一时间失去了笑声，只剩下失去亲人的啜泣和挥散不去的悲伤。家人们想不通弟弟怎么就突然离开了，只好互相安慰，说弟弟是去天上为天神演奏了，于是他们手牵手为他祈祷后，将他埋葬在“死去”的树下。

这天晚上，小妹迟迟不能入睡，眼泪浸湿了枕头。就当小妹沉浸在对哥哥的思念中时，她仿佛隐约听到了哥哥的歌声，她心想必然是自己太过痛苦才产生了幻听，也没有太放在心上。一天、两天、一周、两周……小妹每天都能在同一时刻听到哥哥的歌声，她实在觉得奇怪便将此事告诉了大哥，没想到大哥也同样一连多天定时听到小弟的歌声。❷

“我不可能听错，”大哥认真地说，“小弟的歌声谁都模仿不来，我不可能听错。”

“是啊……”小妹陷入了沉思，“那，那这到底是怎么一回事呢……”

“不管如何，今晚我一定要探个究竟，看看是谁在装神弄鬼。”哥哥暗下决心。

夜幕降临，哥哥事先偷偷藏在坟墓旁的果树后，等歌声又要开始的时候，哥哥振作精神，谨慎地观察着四周。这时候，令他惊讶的事情发生了——他看见了两个装扮华丽的姑娘竟然从天而降！她们走到弟弟的墓前，将弟弟的身体挖出。哥哥忍住没有上前，然后令他更加没有想到的事情发生了——已经“死去”多日的弟弟竟然复活了！那歌声真是弟弟的！哥哥说什么也不肯相信自己的眼睛，呆呆地在树后观察了一整晚。弟弟和两位姑娘相谈甚欢，还一同分享新鲜的水果，就这样，又过了一个晚上。

天就要亮了，哥哥看到其中一个姑娘突然靠近弟弟，然后不知怎么弟弟便倒地不起了。两个姑娘将弟弟的身体重新埋回墓地，然后驾着一个木桩飞走了。

姑娘们一飞走，哥哥便跑出来，他看着吃了一半的水果和墓地旁新翻的泥土，仿佛做了一场梦，这一切都太不真实了。

哥哥回到家中，将自己看到的一切告诉了妹妹，两人商议今天晚上再去一次。

“这次我准备好弓箭，”哥哥从房间中找出弓箭，

❶ 公主单纯地凭借自己的喜好而将一个人的灵魂据为己有，只为可以独自享受他的美妙歌声，这种爱是自私的，是不可取的。

❷ 男孩被公主摄去了灵魂之后，留给男孩家人的只是一具没有温度的“尸体”，这让原本欢乐幸福的一家人悲痛万分，直到小妹隐约听到的歌声让事情出现了转机。接下来，男孩的家人会怎么做呢？

❶ 亲情的力量是无限大的。在看到弟弟被人施了魔法后，哥哥不惧艰险，下定决心要和对方斗争到底，拯救自己的弟弟。

❷ 国王没有袒护自己肆意妄为的女儿，而是苦口婆心地教导她。这让女儿意识到了自己的自私，并且及时改正了错误。正所谓“知错能改，善莫大焉”。

对妹妹说，“到时候我就先躲在暗处用弓箭射那姑娘，把她们拖住，然后冲出去将弟弟夺回来，威胁她们将弟弟恢复如初,不然我就一箭让她们永远飞不起来。”❶

终于等到夜幕再次降临，哥哥已经握着弓箭在果园中潜伏了一整天，看到从天边缓缓飞近的木桩，哥哥立即举起弓，对准其中带头的那个姑娘，准备随时放箭。

两个姑娘像前一天那样，将墓中弟弟的身体挖出。由于两人背对着哥哥，哥哥在远处并未看清她们是如何使弟弟复活的，只是一看到弟弟从地上站起来，便将早早对准姑娘的箭放出了。箭精准地扎进了姑娘的小腿，没有使她毙命但也牵制了她的行动。箭放出的同时，哥哥三步并作两步地冲上去，试图在弟弟再次被“杀害”前阻止她们两个。

姑娘中箭后鲜血染红了整个小腿，为了保护男孩，她立即打开香水瓶塞，将男孩的灵魂储存在琉璃瓶中，手中攥着瓶子带着另一个姑娘跳上木桩飞走了。

哥哥还是没能赶上，只好将弟弟的身体抱回家，和妹妹一起偷偷藏起来，一方面不想让弟弟再受“迫害”，另一方面，在事情解决之前他们不想让父母知道，免得他们担惊受怕。

“现在咱们该怎么办？”妹妹问大哥。

“虽然这次让她们给逃了，但是我射中了其中一个姑娘的小腿，”哥哥胸有成竹地说着，好像心中早有了计划，“你知道，血是不会撒谎的。”

“噢，我明白了！”妹妹恍然大悟。

“没错，只要我们找一匹骆驼来，骑着骆驼便能顺着血找到她们。”哥哥拿出一个小布包，里面装的是沾有女孩鲜血的土壤。

哥哥第二天一早便从商人那里借来骆驼，给骆驼闻了闻小布包便上路了。哥哥骑着骆驼走过村落，穿过树林，在荒无人烟的草原上度过一个又一个难熬的夜晚，在狂风暴雨的天气里一遍又一遍虔诚地祷告。终于，历经千辛万苦后，血迹将骆驼和哥哥带到了一座宏伟的城堡前。哥哥抬头仔细观察，认出这里是由一位十分英明公正的国王统治的地方，于是他跳下骆驼，请守卫向国王引荐。

国王听完哥哥的叙述十分感动，下令彻查王宫中小腿有箭伤的人，一个也没有漏掉。可让他没有想到的是，那个受伤的人竟然是自己严加看管的小公主。公主因为连续多日去果园寻找男孩无果而悲伤不已，她以为男孩被射伤自己的人杀害了，所以自己已经好久没有出门了。因此，当听闻射箭者是男孩的兄长，而且他此时就在城堡时，她便立即跑到国王面前，承认了所有事情，交代了前因后果，也拿出了摄魂的琉璃瓶。

国王十分惊讶，他从来不知道自己的女儿竟然是位会魔法的公主。惊讶过后，他耐心地教导公主要正确地使用自己的能力，为天下百姓造福，而非肆意妄为，滥伤无辜。

公主意识到自己做了错事，决定和男孩的哥哥一同回去让男孩“复活”，也向国王和男孩的哥哥表露了自己对男孩的爱慕之情，当初做出傻事也是因为自己担心两人身份悬殊不能永远在一起。国王和男孩的哥哥听后相视一笑，表示若两人是两情相悦，他们便同意这门婚事。❷

公主听到国王和男孩的哥哥不仅没有责怪自己，反而支持自己的爱情，之前的一切担忧都一扫而空，开心得跳了起来。

公主和男孩的哥哥一同回来后，她立马上前救活男孩，向男孩表白。男孩开心地抱住公主，说自己也爱慕她许久了。哥哥看到眼前的画面不禁热泪盈眶。

不久，男孩和公主在他们初次相遇的那棵树下举行了盛大的婚礼。从此，美妙的歌声又开始在人间传播。

日积月累

装神弄鬼　相谈甚欢　胸有成竹　两情相悦

延伸思考

你怎么看待公主将男孩的灵魂保存在琉璃瓶里的行为?

巨蟒与姐妹

名师导读

被诅咒的部落中，所有人都变成了小动物，部落酋长成了巨蟒，无法见人。外面的人都不知道这个部落到底发生了什么。姐妹俩的父亲为了给女儿们找个好归宿，打算将女儿嫁给这位酋长，不过他们对这个诅咒毫不知情。故事后来怎么样了？快来阅读下面这则故事吧。

一条大河将两个部落分隔开来，河两边是风俗完全不同的两个部落，河西边的人过的是安逸轻松的小日子，而另一边的呢，已经好久不见人烟，传言都说那边的酋长受了诅咒。

河西边的部落里有两位待嫁的姐妹，她们的父亲最近到处给她们寻找好人家。一天，父亲听说河东的酋长要娶妻，便将此消息告诉了女儿们。不过酋长只娶一个妻子，两个女儿也只有一个能成为酋长之妻。

“我是长姐，不管怎么说都应该是我先去吧。”姐姐听完父亲的话，便立马接话，“等我成了酋长之妻，哈哈哈哈，到时候啊，带着你们过富贵的好日子！”姐姐开始做起了白日梦。

姐姐没有做过多准备，第二天一早便出发了。父亲和妹妹只能将她送到河对岸，剩下去往酋长住处的路都得姐姐独自走。姐姐对所谓的传言毫无兴趣，一心只想要成为酋长之妻，享受富贵的生活，于是一下桥便头也不回地往前走。

走了没多久，一只老鼠跳到路中间，热情地和姐姐说："姑娘你好呀！我真是许久未见过真实的人类了呢！很乐意为您效劳！"

姐姐瞧也没瞧瘦小的老鼠一眼，踢了踢脚，刻薄地说："给我滚开！你这只臭老鼠，别弄脏了我的鞋子。"

老鼠的热脸贴了人家的冷屁股，十分生气，它"吱吱吱"地诅咒道："倒你的大霉去吧，谁会乐意帮你。"说着，它跳进路边的草丛不见了。

又不久，一只青蛙跳到路中间，热情地对姐姐说："天呐，这里竟然出现了一位如此美貌的姑娘！我来为你指路吧！"

姐姐瞧也没瞧黏糊糊的青蛙一眼，绕过它沿着路边继续赶路，一边走，一边嘟哝："没看到我赶路呢吗？别跟我说话！"

青蛙第一次见到如此无礼之人，气得"呱呱"直叫："不要我指路，就等着倒大霉吧你！哼！"说着，它跳进路旁的池塘不见了。❶

姐姐继续独自前行，走了许久，遇到一位守在树林前的老婆婆。老婆婆看到姐姐靠近，激动地迎上前去。"真是罕见啊！"她上下打量了一番姐姐，然后继续说道，"我亲爱的孩子你听我说，进入树林后你会遇到几棵会

说话的树，无论它们说什么讥讽挖苦的话你都不要听，只管往前走便是了；接着你会看到挂在树枝上的一个装满鲜奶的羊皮壶，但是不管你多渴都不能去喝；然后会有一个腋下夹着头颅的人向你搭话，无论他给你喝什么你都不要接受……”

“老太婆！我不需要你的唠叨！”未等老婆婆说完，姐姐便打断道。❷

老婆婆被姐姐粗鲁的呵斥吓到了，她停在原地不再说话，只是摇着头叹气。

姐姐自顾自地进入了树林，老婆婆的告诫她一句都没有放在心上。听到怪树们的讥讽挖苦便一股脑地回击，看到挂在树枝上的鲜奶便一口气喝个精光，对腋下夹着头颅的怪人递来的水也不拒绝。

不一会儿，姐姐便到了村口，那里有几位妇女在等着她。妇女们提着一个大麻袋朝她走来，问：“你是来做酋长妻子的吗？”

“当然。”

“好的，”妇女们将麻袋放在姐姐面前，“不过，想要成为酋长之妻也没那么难，你将这些面粉筛好，做成食物拿给酋长品尝，若是让酋长满意便算过关。”说罢，她们便消失了。

姐姐打开麻袋一看，发现里面尽是些混着沙石的面粉，需要极大的心力才能筛干净。她叉着腰面对着麻袋，想了想还是决定将面粉筛上

❶ 姐姐一心想过富足日子，眼里已经看不到其他事了，老鼠、青蛙的出现只会让她觉得耽误了自己成为富人的时间，所以她会不屑一顾地赶走它们。不承想，热脸贴到人家冷屁股上的老鼠和青蛙用恶毒的诅咒还击了态度恶劣的姐姐。

❷ 老婆婆的悉心嘱托在姐姐看来却是不痛不痒的唠叨，真为姐姐的无知表现感到悲哀。不过这倒是为之后姐姐的悲惨遭遇做出了很好的铺垫。

❶ 读到这里，我们倒不会为姐姐的下场感到一丝惋惜，只会觉得她是罪有应得，因为她不计后果，一心只想过上富贵的生活，并且是她自己把那些想要提供帮助的动物和老婆婆拒绝于千里之外的。

❷ 通过姐姐和妹妹对待同一件事的不同态度，讽刺了姐姐的自私和冷漠，讴歌了妹妹的善良与热心，从侧面也展示出了妹妹即将获得人生的真正幸福。

一筛，不过她的耐心很快便消耗殆尽，她干脆直接用粗糙的面粉蒸了一屉馒头。

天色开始渐渐暗下来，姐姐就坐在原地等候——妇女们走前叮嘱姐姐做好晚餐后就在原地等候，酋长只在天黑以后出现。果然，天黑后，随着一阵狂风好像有什么人来了。姐姐定睛一看，发现从狂风中走来的竟然是一条五头巨蟒，姐姐被吓得瘫软在地，直往后缩。

“看来你没有听说，河东的酋长是一只五头巨蟒。”说完，这条五头巨蟒便倏地探过头来要吃姐姐准备好的晚餐。他先在馒头前摇头晃脑地仔细观察了一番，然后叼起一块，可才刚嚼了一下便全部吐出，原来，他是被沙子硌到了牙齿。终于，他被难吃的晚餐惹怒了，朝姐姐吐着巨大的蛇信子，生气地说道：“如此难吃的食物竟敢拿给我！你这一路上没有一个环节是过关的，我就算是被诅咒也绝不娶你为妻！今天就赐你一死！”❶

很快，姐姐被酋长赐死的消息传到了河西，父亲和妹妹听到姐姐的遭遇十分悲痛，妹妹不希望姐姐死得不明不白，坚决要去走一遍姐姐走过的路，看一看这河东酋长的真面貌。父亲拗不过固执的小女儿，只好答应了。“小女儿一向沉稳聪明，此次前往一定能平安回来。”父亲能做的便是在心里一遍又一遍虔诚地祈祷。

父女二人再次来到河对岸，不过，这次是他们要告别。

妹妹迈着坚定的步伐出发了。不一会儿，路中间跳出一只灰老鼠，老鼠热情地问：“可爱的姑娘早上好呀！请让我为你指路吧！”

“天呐，你真是太好了！”妹妹走到老鼠面前，蹲下来礼貌地回答，“那就麻烦你了！”

老鼠也很高兴，一蹦一跳地给妹妹指路。

妹妹沿着老鼠给指的路走到了树林口，只见那里坐着一个老婆婆。看到有人走来，老婆婆颤颤巍巍地起身。妹妹并不知道眼前的老婆婆是什么人，只是觉得她似乎需要帮助，于是便跑上前去。老婆婆拍拍妹妹挽着自己的手，亲切地说道：“我亲爱的孩子，听我说，你再往前走，会遇到一个岔路口，到时候，走那条小路，记住，千万不要走大路。”

“您放心，我记住了。”妹妹温顺地回答，分别时妹妹向老婆婆道谢，“奶奶，谢谢您的忠告。”

果然，进入树林不久后，妹妹便来到了岔路口，按照老婆婆说的，她毫不犹豫地走上了小路。只见小路尽头有一只兔子，它一蹦一跳地来到妹妹面前，仰着头对妹妹说：“恭喜你！你就要到达目的地啦。不过，在你见到酋长之前，会有几个妇女给你一麻袋粗面粉，让你用那些粗面粉为酋长做晚餐，这时候你可千万要认真，否则……”小兔子示意妹妹凑近点，妹妹便蹲下来，兔子跳到妹妹耳边悄悄地说：“不然啊，就会像前一个来的女孩那样，被酋长赐死啦。不过，要是见到酋长，你千万不要害怕，你越是面露怯色越是危险。”

妹妹知道兔子口中所说的前一个女孩就是自己的姐姐，不禁心里一沉，点点头，说：“嗯，我一定会认真做晚餐的，谢谢你兔子。”说罢便起身继续赶路。❷

像姐姐一样，妹妹拿到了一麻袋混有沙子的粗面粉，开始一点一点地仔细筛面粉，直到天都快黑了才筛好。妹妹想到妇女们走前提醒她“酋长在天黑以后就会出现”，不禁加快了干活儿的速度，赶在天完全黑之前蒸出了一屉香喷喷的馒头。

又是那阵狂风，妹妹端着馒头站着，她面无惧色，眼神坚定。这时从旋风中走出的五头巨蟒似乎也没有吓到她，巨蟒故意吐出信子，发出“嘶嘶嘶”的声音，妹妹仍是那副表情，挺直的身体没有一点要退缩的意思。

“是你想成为我的妻子？”巨蟒问。

“没错。”妹妹大声回答。

“那我得尝尝你的馒头。”

说着，巨蟒便探过身来，用其中一个蛇头蹭掉蒸屉的盖子，叼起一个馒头津津有味地咀嚼起来，并不时称赞道：“这真是我吃过的最美味的馒头！”然后，它一口吞掉了剩下的全部馒头。

“那么，你愿意做我的妻子吗？”吃饱后，巨蟒仿佛换了一个人似的，用十分温柔的语气问妹妹。

面对这面目可怖的五头巨蟒，妹妹一时反应不过来，愣了愣，然后脑中突然回响起小兔子对她说的“不要害怕”，于是妹妹鼓起勇气回答：“我愿意。”

就在妹妹答应的瞬间，神奇的事情发生了，巨蟒突然瘫软倒地，巨大的身体倒在地上扬起数十米高的灰尘。

妹妹不知眼前到底发生了何事，只是举起手臂护住自己的眼睛。

“谢谢你，勇敢的姑娘。”一个富有磁性的男性声音传来，“是你的勇气打破了诅咒。”只见一位英俊魁梧的男子从巨蟒的蛇皮底下走出来，朝着妹妹走来。

妹妹被眼前的景象惊得说不出话来，只是怔怔地站在原地。

原来，酋长被恶毒的巫师下了诅咒才变成恐怖的五头巨蟒，只有最勇敢的女子答应嫁给他才能解除诅咒。酋长回来后，整个河东部落又恢复了往昔的繁荣。

日积月累

呵斥　津津有味　魁梧　怔怔

延伸思考

你认为姐姐和妹妹获得不同结果的原因是什么？

津图的选择

名师导读

还记得阿玛创世的故事吗？非洲民间流传着许多关于人间如何产生的传说，下面这则故事便是其中一个。这个传说中的主人公是一个十分具有创新力的天神——津图。

阿玛创世之后，世间原本只有天界而没有人间。

津图是一个闲不下来的天神，他的脑袋里充满各种新奇的想法，是天界最有创造力的天神。他每天在天上向下张望，看到底下混沌一片毫无生机，便心生下凡开辟一个新世界的念头。不过只凭借他一个人还不行，于是他开始在各天神的宫殿搜寻帮手。

调查了一番后，津图看中了众神之王古卢之女娜姆比。于是，他去拜见古卢，请求他将宝贝女儿许配给自己，做他开辟新世界的帮手。

“尊敬的众神之王古卢啊！您的宝贝女儿娜姆比善良能干、神力超群，不论是品德还是功力，都是这天界数一数二的，是和我一同完成开辟新世界宏图伟业的最佳人选啊！请您将女儿嫁给我。”

古卢对自己这个宝贝女儿疼爱有加，怎么肯轻易将她许配出去，因此精心设计了三层考验，打算好好考验一番天神津图。娜姆比早就对津图有所耳闻，便默许了父亲的决定，偷偷在一旁观看。❶

第一层考验是要求津图独自吃掉一百人份的食物。一百人份的食物有多少呢？是一百斤玉米、一百斤红薯、一百斤香蕉再加上一头牛那么多。津图知道这个考验后仔细思考了许久，终于想出了办法。他先将一百斤玉米、一百斤红薯和一百斤香蕉都喂了牛，然后把牛做成了肉干，最后吃掉了这些肉干。就这样，他轻松地通过了考验。❷

第二层考验是要求津图用一把十分小巧的金斧子劈开一座高耸入云的巨山。他接过斧子，拿在手里来回翻看，发现斧柄一面镶着宝石，另一面镶着玉米粒。“天神古卢为何要将玉米粒嵌在这斧柄上呢？”他看着手中的斧柄，陷入了沉思。“哦！原来如此！”他好像突然想到了什么，一边说着一边用力将玉米粒向下一按，果然，小金斧瞬间变成同巨山大小相当的大金斧，他稍微挥动，巨山便被劈成了两半。❸

第三层考验是最具挑战的一层，古卢要津图在一夜之间收集满一瓦罐的露水。要知道，掌管散布露水的天神每晚也就只散布那么有限的一瓦罐露水而已，这就意味着，津图需要在一夜之间集齐散布在人间的所有露水！他心想：“要在那么短的时间里跑遍人间的各个角落根本就是不可能的事，要是想弄来一瓦罐的露水，那就只能……”津图想到了主意，赶紧去后厨准备了一壶好酒和几个美味的下酒菜，然后径直去往掌管露水的空气之神的宫殿。空气之神嗜酒，闻到了美酒的香味就迈不开腿，不一会儿便喝得东倒西歪，别说散布露水的事，就连自己是谁都不记得了！津图

❶ 作为父亲，古卢怎么肯轻易地把自己的女儿嫁出去，所以他想到用考验的方式，看看津图到底是不是合适的人选。

❷ 津图并没有单纯地看待问题的表面，而是通过现象看到了本质，所以他可以轻而易举地通过第一层的考验。

❸ 人很容易被事物的表面迷惑，这是因为我们通常用固有的思维去判断事物。其实，我们需要换一种心态，改变一下思维，才能突破自己现有的状态。

❶ 津图用智慧和勇气彻底征服了古卢，让古卢心甘情愿地把自己的女儿嫁给他。而津图通过不懈努力，也让自己收获了幸福。

❷ 为了能和姐姐一起下凡，瓦卢姆似乎忘记了自己的身份。这也意味着死亡之神的到来一定会给凡间带来大灾难。

趁机将露水倒进瓦罐，小心翼翼地揣在怀里拿去交差。

众神之王古卢看到津图利用自己的智慧和勇气顺利地攻破所有难题，十分欣慰，高兴地为女儿和津图举办了盛大的婚礼。❶

娜姆比的弟弟瓦卢姆知道了姐姐和津图两人要下凡开辟新世界，说什么也要跟着一起去，可瓦卢姆是死亡之神，他所到之处便是死亡盛行之处。因此，古卢坚决不允许瓦卢姆下凡。

婚礼后的第三天，娜姆比和津图决定下凡。古卢特意支开瓦卢姆，让两人尽快离开，说道："我亲爱的孩子们，下去就莫要回头，就算落下什么东西也千万不要回来找，万一要是被瓦卢姆缠上，把死亡带去底下，你们开辟新世界的难度会大大加大啊！"

娜姆比和津图告别了父亲后，便牵着手离开了天界。可刚出发不久，娜姆比一拍脑袋，自责地说："哎呀！我把鸡食忘在房间了！"

"不要紧。我们就听父亲的话，还是不要回去找的好。"津图安慰娜姆比。

"咱们刚走不久，瓦卢姆应该还没回去，况且是我的疏漏，就让我去吧。我一定快去快回！"娜姆比坚持要回去，津图拗不过，便同意了。

可娜姆比刚找到鸡食从房间走出来，便遇上了瓦卢姆。瓦卢姆看到姐姐娜姆比的装扮和神态便什么都知道了。

“姐姐！姐姐！你就让我跟你们一起去吧！”瓦卢姆抓住娜姆比的衣角，撒着娇，“我保证不给你们添乱！我保证！你们让我干什么我都愿意，你就让我去吧，好不好？”

“不带死亡下去？”娜姆比试探地问。

“不带！不带！”瓦卢姆直摇头。

“我们让你干什么你就干什么？”娜姆比继续问。

“嗯！”瓦卢姆坚定地点头。

“你说的？”娜姆比有点心软了。

“我说的！”瓦卢姆觉得这是姐姐默许带自己下凡，高兴地跳了起来。❷

瓦卢姆倒是信守承诺，到人间以后每天安分度日，从未惹过麻烦，还时常帮助姐姐、姐夫放羊喂牛，照看孩子——娜姆比和津图在人间生了许多可爱的孩子。

一天，瓦卢姆在山坡上一边放羊，一边陪孩子们做游戏。可意外就在这时发生了——其中的一个孩子趁瓦卢姆不注意，独自跑到山沟边掉了下去。娜姆比听到孩子的惊叫声立马赶来，紧紧抱住孩子，查看孩子的伤势。瓦卢姆因为没有看好孩子而内疚，站在一旁不敢说话，可当姐姐开始一味责怪自己时，瓦卢姆伤心极了，于是便说：“我让他下去的吗？明明是他自己不小心，和我有什么关系？”

娜姆比听到瓦卢姆说话如此过分，生气地说：“你这个没良心的，竟然说出这么狠心的话！他可是你的亲外甥！”

“什么？没良心？”瓦卢姆听到姐姐竟然说自己“没良心”，气得满脸涨红，“既然你这么说我，那我就让你如愿以偿！我现在就惩罚他们！”说罢，瓦卢姆便化身青烟消失了。

“瓦卢姆！你去哪儿？”娜姆比见弟弟要离开，大喊着，不过没能阻止他。虽然瓦卢姆人走了，可他走前说的话一直在娜姆比脑海里重复，不过很快，她又自我安慰道：“他一定是太生气才说出这种话……”

可是不久，瓦卢姆的诅咒便应验了。娜姆比和津图的孩子一个接一个地染上重病，无论如何也医治不好。看着孩子们痛苦地一个接一个夭折，娜姆比和津图的心都要碎了，他们恨不得生病的是自己，却只能每天以泪洗面，诅咒瓦卢姆的狠心与无情。

终于，古卢听到了娜姆比和津图的哭诉，得知心爱的女儿如此痛苦，心疼不已。他不忍心看着幼小的生命就这样接连夭折，也不能容忍瓦卢姆

任性妄为，便派另一个儿子卡伊库济去阻止瓦卢姆。可当卡伊库济到达人间时，瓦卢姆的杀戮已蔓延到人间各处，没有了挽救的余地。于是，古卢让他带着娜姆比姐姐一家回到天界。在这里，没人能伤害得了他们。

可是津图和娜姆比已经对自己亲手开辟的新世界有了难以割舍的感情，说什么也不愿意跟卡伊库济回天界。卡伊库济没有办法，只好独自返回，不过临走时，他送给娜姆比一根木棒，说："这是天界千年神树的一段根茎，可以甄别草药，我把它留给你们，或许会有些帮助。"

津图和娜姆比将这根木棒甄别草药的能力发挥到了极致，在各种草药的帮助下，他们顽强地和死亡做着斗争。后来，津图成了干达王朝的创始人。

而瓦卢姆呢，没人知道他的下落，但是他从未离开人间，因此死亡也从未离开。

日积月累

以泪洗面　杀戮　蔓延　甄别

延伸思考

在你看来，死亡在人间存在的意义是什么呢？

芦苇中的孩子

名师导读

都说民间神话故事是民间真实生活的写照，下面这个故事在打破人们对食人怪恐怖邪恶的刻板印象的同时，也反映了非洲民间曾经存在的一个问题——对儿女的区别对待。阅读下面的故事，了解非洲民间故事中是如何理想化地解决这个问题的。

巴克安和凯尼是一对兄妹，凯尼每天负责在家里看家，哥哥巴克安则出门放牛，他们的母亲赫拉和父亲马赫负责打理果园。

巴克安是个淘气的孩子，总爱捉弄妹妹玩。一天，巴克安骗凯尼吃掉了库蒙荀。那是一种罕见的神树，砍断它的树干就会流出牛奶。父母知道后大发雷霆，父亲马赫严厉地训斥凯尼，可凯尼十分委屈地说道：“是哥哥骗我吃的，怎么能是我的错？怎么能责罚我呢？”可马赫是一个冲动的人，他才不管到底是谁的错，根本不听她解释，他被失去神树的愤怒冲昏了头脑，竟然决定将她丢到食人怪那里，说着便拎起凯尼上路了。

凯尼一路放声大哭，引得路人怜惜不已，纷纷上前询问到底发生了何事。凯尼告诉路人，自己被哥哥哄骗吃掉了会产奶的库蒙荀，父亲知道后现在正打算把自己送到食人怪那里。

“真糊涂啊！这分明不是你的过错。”路人们纷纷抗议，然后转而对着马赫说，“你的女儿天真可爱！真希望被食人怪吃掉的是你！就算是食人怪也会把这善良的孩子留下的！”

马赫连女儿的解释都不听，更别说几个路人无关痛痒的议论了。他拎着凯尼自顾自地往前走，很快便来到了食人怪的部落，在部落入口他们遇到了食人怪王子马希洛。

“这个可爱的女孩犯了什么罪，你要将她丢到这里？”马希洛指指哭红了眼睛、无精打采地耷拉着脑袋的凯尼。

“让她自己告诉你吧！”马赫丢下凯尼便转身离开了。凯尼被马希洛带回了宫殿。

凯尼一边委屈地掉眼泪，一边讲述着自己被错怪的事。食人怪们纷纷为她抱不平，连远处的食人怪都知道了这个可怜姑娘的事，他们找到马赫，将他抓起来丢到火堆里了。❶

❶ 连食人怪都能理解凯尼的委屈，更突出了马赫的糊涂。

凯尼在食人怪部落里并没有受到伤害，食人怪王子马希洛很喜爱凯尼，不久后便娶她做了妻子，还生了一个可爱的女孩。他们两个很喜欢这第一个孩子，给她取名里拉娄安妮。

“哦，亲爱的，何必生她让她受苦。”部落里的神婆告诉凯尼，女孩出生便是受苦的命，尤其在王宫里。

凯尼沉默不语，其实她也曾听说，女孩一出生便会被送到食人怪野兽那里……她仿佛看到了多年前的自己，坚决不允许自己的女儿被食人怪野兽吃掉。

经过内心的挣扎和煎熬，凯尼最终决定将女儿放进水里漂流走。她抱着孩子，一步步走向河边，平日里十分钟的路程，此刻她觉得好漫长。河边长满了芦苇，可她还是下不了决心，静静地坐在芦苇丛中，仔细端详怀里那张可爱的小脸。那是一张多么可爱、多么无辜的小脸啊！可一想到自己必须亲手送走这条小生命，凯尼忍不住哭出声来。

就在这时，芦苇丛中走出一位老婆婆，说："哦！我的孩子，你为什么而哭？"

凯尼头也不抬地回答："为我这可怜的女儿，她不能再和我在一起生活了……"

"哎，"老婆婆走过来，坐在凯尼身边，语重心长地轻声说，"不要伤心了，我可以帮你照顾这个孩子。"

"真的吗？"凯尼激动地抬起头，满含泪水的眼睛真挚地望着老婆婆。

老婆婆点点头，接过孩子，说："你可以随时来看她，不过现在你们得告别了。"

凯尼将自己的额头紧紧地贴着宝宝的脸，以此告别。

回到王宫的凯尼每日每夜都在思念自己的女儿，没过几天，她便打算去芦苇丛中看望一下女儿。来到芦苇丛的凯尼四下张望，确认没有其他人后，来到上次和老婆婆分开的地方，轻声喊道："我是里拉娄安妮的母亲，快让我看看她！”说完，老婆婆便带着一个女孩出现了。凯尼高兴地冲过去，看到里拉娄安妮健康地长大了，心里才算彻底相信了老婆婆。

后来，凯尼隔三岔五便打着外出采风的借口来看望孩子，里拉娄安妮在芦苇丛中长得很快，不过一年便长成大姑娘了。可纸终究包不住火，里拉娄安妮被凯尼放走的事很快被马希洛知道了。马希洛得知自己的第一个孩子里拉娄安妮还活着，开心极了。他马上派人准备好一千头牛，用来和芦苇丛中的老婆婆交换自己的女儿。

终于，时隔一年，马希洛一家人再次团聚，一家人其乐融融，幸福的样子令旁人羡慕。

日子就这样过着，许久未回过家的凯尼打算回家看望母亲和哥哥。临行时，全城的人都出来送别。当人群走到多年前凯尼和父亲第一次来食人怪部落走过的路时，他们发现路中间多了一块大石头横亘在那里。人群越靠越近，突然，那石头竟然说了话：“我要吃掉你！凯尼！我要吃掉所有跟在你身后的人！”

原来，那是凯尼父亲马赫的化身。

“你可以吃那群牛。”凯尼回答，然后凑近马希洛的耳边，说，“我听出来了，这石头就是我父亲。”凯尼一行人走时带了一群牛，不承想会派上这样的用场。

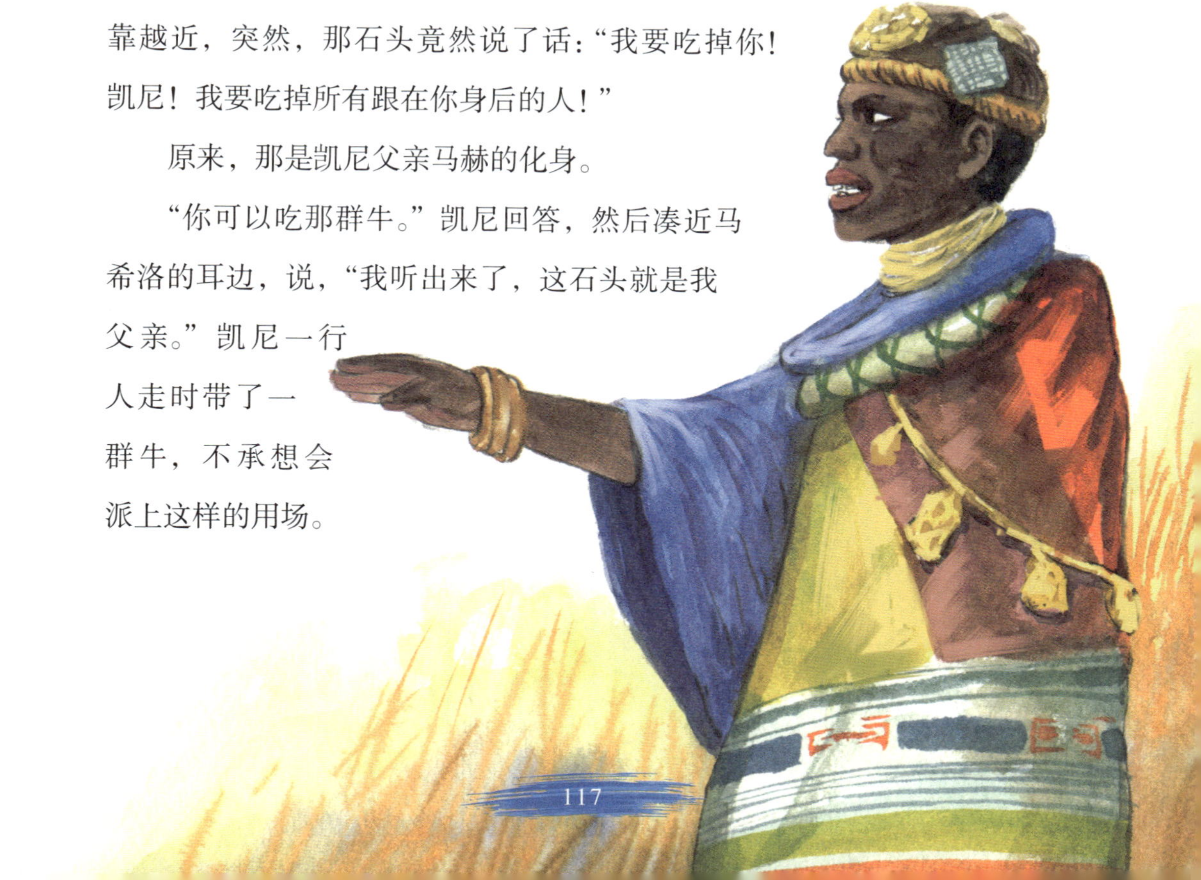

这时，石头精变出个大嘴来，将牛群一股脑吞了进去。可它还不满足，它不断提出新的要求，直到把所有人都吞进了肚子。当凯尼和马希洛进了它的肚子后，发现里面也不全是石头，于是他们号召肚子里的所有人接力在墙上凿洞，不知凿了多久，终于在肚子上凿出一个出口。在出口被凿穿的瞬间，石头精轰然倒塌，死掉了。

石头精一死，先前被吞进它肚子的牛群和人们都被完好无损地放了出来，重新获得了自由。

凯尼和马希洛带着女儿和子民顺利回到了凯尼曾经住的地方。凯尼的母亲看到已经离开多年的女儿，迟迟不敢相信自己的眼睛。这时候的哥哥也比小时候稳重、成熟多了。三人紧紧抱在一起，一家人终于团聚了。

日积月累

大发雷霆　无关痛痒　隔三岔五　完好无损

延伸思考

结合现实生活，说说如果有人误会你了，你会怎么做？

苏笛的故事

名师导读

我们中国的传统文化十分重视“孝”，非洲民间故事中也体现着非洲文化对“孝”的重视。下面这则故事中，苏笛历经千辛万苦为父王找到了喜爱的鸟，体现了苏笛对父亲的孝心。

国王有七个儿子，最小的一个叫苏笛，和王后所生的六个哥哥不同，苏笛是国王宠妃的孩子。

国王十分爱鸟，每天都在寻找漂亮的鸟。一天，国王和七个儿子一同在王宫中散步，无意间发现枝头上停着一只他从未见过，而且十分漂亮的鸟。

“孩子们，考验你们对父王真心的时候来了！”国王将胳膊伸得直直的，指着那只鸟激动地朝七个儿子说，“就将那只神鸟抓来向为父表忠心吧！”

国王给每一个儿子都配备了马匹、随从和盘缠，以便他们远行寻鸟。一出王宫，王后的六个儿子便聚成小团体，打算联合起来对付苏笛。

“喂，你！”他们冲着苏笛说，“把父王给你的东西都拿出来！你最好听话，不要逼我们动手。”

“你们不必动手。”苏笛在王宫内就常被六个哥哥找麻烦，此次出行寻鸟，他早有所预感，所以听到哥哥们这样说，他并没有感到意外。他跳下马，十分淡然地回应：“这些马匹、随从和财物都给你们就是了。”

“算你识相！”六个哥哥见苏笛如此好欺负，心里乐开了花，开心地带着一帮随从和众多财物就地建造了一座庄园，便不再前行，将出行为父王寻鸟的任务早早抛在了脑后。

苏笛独自一人走了很远很远，就在这时，他遇到了两只小妖精。小妖精们因为在森林里迷了路，这会儿已经饿得眼前天旋地转了。于是，好心的苏笛帮他们找了许多食物，还帮他们找到了回去的路。妖精们为了答谢苏笛，将他带回了妖精王国。“宫殿里有你在找的那只鸟。”妖精们说。❶

苏笛走进妖精宫殿，看到许多长相各异的妖精在里面，很是热闹。宫殿各处放置着一些鸟笼，里面都是一些人类世界里见不到的珍稀品种，苏笛很快便在里面找到了父王想要的那一只鸟。当他刚伸手将那个鸟笼拎起来时，宫殿里所有的妖精都停下了手中的工作，齐齐地盯着苏笛。苏笛被这突然的安静吓到了，只好小心翼翼地将鸟笼放回原地，乖顺地将双手举起。

很快，鸟笼被移动的事惊动了妖精王。妖精王派使者叫来苏笛问讯：“你要那只鸟做什么？”

苏笛恭恭敬敬地向妖精王解释了原因。妖精王听后对苏笛说：“哦，原来是个孝子呢！你想要这只鸟没有问题，不过我有一个要求。”妖精王果然不会轻易将

❶ 帮助别人其实就是帮助自己，因为你的善良终会得到回报！就像这个好心的苏迪一样，在小妖精遇到困难时他及时地伸出了援助之手。为了表达感恩，小妖精自然也力所能及地回馈了他，为他解决了燃眉之急。

❷ 我们坚信，善良、孝顺、懂礼貌、懂感恩，多种优秀品质集一身的苏迪一定会成功渡过难关！

神鸟送出去。

“请讲。”苏笛仍然毕恭毕敬。

“只要你找到雷剑并把它带给我。”妖精王说。

苏笛接受了要求，即刻出发去找雷剑。他先找到在森林里遇见的那两只妖精，和他们告别。不过苏笛没想到，两个小妖精竟然打算同他一起去，为他指路。在小妖精们的带领下，他很快便找到了那个藏着雷剑的城堡。

苏笛溜进城堡，发现雷剑就挂在城堡的墙上，旁边还挂着另外两把剑。他绕开城堡的守卫偷偷靠近，刚准备取下雷剑就被城堡的守卫发现了。城堡里的妖精一哄而上将其抓住，把他押送到城堡大王面前。大王质问苏笛：“你为什么来偷这把雷剑？”❷

苏笛将事情的来龙去脉讲了个清楚。

“哦，原来是个孝子呢！你想要这把雷剑没有问题，不过我有一个要求。”城堡大王果然也不会那么轻易将宝物送出。

“您请说。”苏笛毕恭毕敬地回答。

“只要你把黎明公主给我请来。”城堡大王说。

苏笛离开城堡，和妖精们会合，说：“咱们现在得去请黎明公主。”

妖精们带着苏笛来到了海岸边，在那里打造了一艘结实的帆船，乘船去往海那边的国家，黎明公主的父亲便是那里的苏丹。

“听说那位苏丹的女儿马塔莱公主患了一种奇怪的病，”妖精们给苏笛出主意，教他如何混进黎明公主的国家，“你乔装成神医，就说有办法治疗马塔莱公主，不过药方只能在海上起作用，这样国王肯定会派人将公主送来船上，一旦公主上船，我们就把船开走。”

苏笛同意了妖精们的主意。

他们的帆船一靠岸，乔装成神医的苏笛便下船径直去往宫殿求见国王。

按照妖精们说的那样做，苏笛轻松将公主骗上了船。苏笛和公主相谈甚欢，公主甚至都没有发觉船在移动，直到船靠岸，她才发现自己来到了一个完全陌生的国家。

“你们把我带到了哪儿？”马塔莱公主紧紧抓住桅杆，一副自我防卫的架势，拒绝下船。

“不要害怕，我的公主，”苏笛温柔地安慰马塔莱，并耐心地向她解释自己这么做的前因后果，“我们会将你送回你父亲身边的。”

“哦，原来是个孝子呢！”公主听完苏笛的解释终于放下心，跟着苏笛王子回到了城堡。苏笛此时其实已经对公主动了心，不忍心将她送到城堡大王身边，于是将一个面容姣好的女仆精心打扮，代替公主。加上妖精们的法力辅助，苏笛成功地骗过城堡大王，顺利拿到了雷剑。城堡大王对眼前的公主深信不疑，毕竟谁也没有见过黎明公主的真容。❶

“好啊！好啊！”城堡大王开心极了，甚至露出些许羞涩的表情，“这墙上的三把剑都是你的了！”说罢便围到“黎明公主”身边嘘寒问暖。

不过苏笛只拿走了那把雷剑。

拿到雷剑的苏笛带着两只妖精和马塔莱公主继续赶路。途中，妖精们让苏笛用雷剑劈下一块木材，将其刻成雷剑的模样后施法让木头雷剑变成铁雷剑，告诉苏笛：“到时候你便用这把木头雷剑去换神鸟，真雷剑先留在身边，总有一日会用到。”

❶ 连续三个“哦，原来是个孝子呢！”几乎贯穿整个故事，突出苏笛与兄长们的不同，苏笛是真心真意为父王寻找宝物，也正是因为这份真诚，苏笛这一路收获了无数无价的财富。

❷ 在诱惑面前，苏迪能及时克制住自己内心的欲望，这种不忘初心的定力将成为他人生最大的竞争力。

苏笛王子按照妖精们的话将木头雷剑交给了妖精王，妖精王看到那闪闪发光的雷剑高兴极了，告诉苏笛宫殿里的鸟随便挑。不过苏笛只拿走了父王想要的那一只。❷

妖精们将苏笛王子和马塔莱公主送到他们与苏笛初次相遇的地方，临走时又送给苏笛一根神鸟的羽毛，对他说：“当你遇到危险时便将这根羽毛烧着，到时候我们便会出现帮助你。”

苏笛谢过妖精们便和马塔莱牵着手往回走，当然，他们在回到国家之前的必经之地，便是苏笛六位哥哥当初打造的庄园。哥哥们热情地款待了苏笛和马塔莱公主，但其实是看中了他佩在腰间的雷剑和提着的神鸟，他们打算借机抢去功劳。当晚他们便行动了，苏笛毫无防备，中了哥哥们的奸计，昏了过去，第二天在丛林中醒来时发现庄园已经不在，神鸟、雷剑、公主还有哥哥们都没有了踪迹。苏笛掏出妖精们给的神鸟羽毛，将其点燃，当羽毛燃尽时，两只妖精果然出现在面前。

妖精们施法带苏笛王子瞬移到国王的宫殿上，这时六位哥哥一行人还未归来，苏笛恭敬、真诚地向父王讲述了所有事，就在这时，哥哥们也回来了。

“马塔莱公主！”苏笛大声呼唤。

马塔莱公主跑到国王面前，握住苏笛的手，说：“他是我的王子，他说的一切我都可以做证。”

“我们也可以做证。”妖精们附和。

国王听后气得火冒三丈，他难以忍受如此恶毒狠心的六个儿子，便下令将他们全部关了起来。

一切都结束了，苏笛终于迎来了平静安稳的生活，他真诚地向马塔莱公主求婚，两人举行了盛大的婚礼，举国同庆。婚礼过后，苏笛要兑现自己许下的诺言，驾船送马塔莱回到了她的国家。

苏丹看到自己许久未见的女儿激动得说不出话来，当时自己送上船的是一个患了怪病的女儿，如今出现在眼前的却是一个活蹦乱跳又健康的女儿，而且她还带回来一个英俊帅气的王子丈夫！

日积月累

盘缠　乔装　桅杆　嘘寒问暖　火冒三丈

延伸思考

读完这篇文章后，你从苏迪身上学到了哪些优秀的品质？

魔　鼓

名师导读

说起非洲，你脑海里很可能会浮现出各种各样的打击乐器，以及人们踩着鼓点在一旁投入地舞动身体的样子。没错，鼓对于非洲人来说具有非凡的意义，无论欢乐还是悲伤，人们都会通过打鼓来表达感情，“鼓”几乎是人们生活中必不可少的一部分。下面这则故事就与“鼓”有关。

魔鼓是一代代国王传下来的宝物，据说它可以保佑整个国家丰收，而且，魔鼓还暗藏着一个不为人知的秘密，可除了国王，没有人知道那是什么。

每一代国王都有一个共同点，他们走路十分小心，就算是遇到路面有树枝或棍棒，都从不跨过去，而是绕着走。其实，魔鼓的秘密就藏在这个习惯中。原来，只要拥有魔鼓的国王坚持不从路上的树枝和棍棒一类物体上跨过，那么当国王敲击魔鼓时，庄稼便会长得极好，整个国家都不用为食物发愁，这也便是魔鼓保佑丰收的秘密；但如果魔鼓的拥有者违反了这个规定，从树枝或棍棒上跨着走，那么从天而降的就不是粮食，而是身强体壮的武士，他会代替上天惩罚违反规定之人。

每一代国王为了保佑国家和子民，都严格遵循规则，从未受到过天降武士的惩罚。

一天，国王与妻子、女儿到森林中度假，那里有一条清澈的小河，他们在河边驻扎下来。小公主在森林里玩耍时无意间捡到一枚棕榈果，她开心极了，用小手抓住棕榈果放在小河里冲洗，洗干净后便开开心心地吃了那枚果子。不料，这棕榈果是一只乌龟掉落的，乌龟知道捡了自己果子的小女孩是公主，便动了歪脑筋，想要狠狠地敲诈国王一笔。于是它找到国王，说：“尊敬的国王，在您统治的这个政治清明的国家，能否容忍盗窃之罪？”

“盗窃可是重罪，当然不能容忍。”国王回答。

“好，”乌龟紧接着说，“那天子犯法是否与庶民同罪？”

“我必严于律己，”国王回答，“而王室之人犯法，只有重判之说，没有特权之享。”

乌龟问完后，便向国王哭诉小公主是如何盗窃了自己的果实，而自己的一家老小都指望着那枚小小的棕榈果饱腹，甚至编造出孩子因为没有吃到那枚棕榈果而饿死的谎言。❶

听完乌龟的哭诉，国王明白乌龟此次前来不只是要讨个说法，必然是要讨点赔偿，便淡然地说：“既然小公主盗窃了你的果实，那我必将处罚她，

而对你的赔偿自然也不会少，说吧，你想要什么？”

乌龟就等这句话，它想要什么？它想要的不是鸡鸭牛羊，也不是五谷粮食，它想要的是国王的魔鼓。

“要什么都可以吗？”乌龟故意问。

“你想要什么，我便给你什么作为赔偿。”国王说这话时可没有想过乌龟的野心竟然如此之大。

“我想要的是魔鼓。”乌龟终于说出了这句话，其实这才是它来的真正目的。

国王听到乌龟说想要自己的魔鼓，一时怔住没有回话，不过国王信守承诺，忍痛将魔鼓给了乌龟。

拿到魔鼓的乌龟兴高采烈地回家去了。国王就没那么高兴了，不过他知道，不了解魔鼓秘密的乌龟，早晚有一天会拿着魔鼓来向他换其他东西。

拥有了魔鼓的乌龟一家人开始了蜗居生活，他们再也不外出寻找食物了，因为只要他们敲一敲魔鼓，食物便会源源不断地出现。每天除了吃就是睡，他再也不是从前那个坚毅的能和兔子赛跑的乌龟了，而成了连一步都不愿意多走的乌龟，成了好吃懒做的乌龟。一天，他在路上经过一片满是落叶和树枝的草地，它才懒得绕着走，于是跨着无数树枝回了家。回到家的乌龟舒服地躺在床上，悠闲地敲击魔鼓，不料这时从天而降几百个武士。面对这突如其来的暴击，乌龟毫无防备，被打得到处找壳。❷

乌龟害怕极了，觉得一定是魔鼓出了问题，决定

❶ 为了窃取国王的魔鼓，乌龟编出谎言来博取国王对它的同情，真是可恶至极。不过它万万没有想到：其实，万事万物都有它的规律，一旦违反，迟早都会受到惩罚。

❷ 乌龟得到魔鼓后，一家人都过上了不劳而获的生活。然而好景不长，由于不了解魔鼓的秘密，它受到了魔鼓给予的惩罚。它会就此收手吗？

拿着魔鼓去找国王换一件宝物。

国王看到拖着破壳的乌龟便知道发生了什么，但他装作没有注意到的样子，接受了乌龟要换一件宝物的要求。“那我就将这棵会长出美味佳肴的神树换给你，”国王派使者拿出一棵树苗，“不过你每天只能向它求一次食物，如果太贪婪，神树就会马上死掉。”

这次国王将神树的秘密告诉了乌龟，希望乌龟懂得知足，能永远结束棕榈果之事。❶

乌龟满心欢喜地抱着神树回到了森林，找了一处隐秘的地方将神树仔仔细细地种好。第二天，乌龟和妻子带着家中所有的容器来到神树旁，向神树求食物。果然如国王所说，这是一棵会长美味佳肴的神树。乌龟和妻子被眼前的奇妙景象惊呆了，一时竟忘记了装食物。回到家，孩子们对父母带回来的美味十分好奇，可是无论他们怎么问，乌龟都不告诉他们这些美味佳肴到底是从哪里来的。

渐渐地，孩子们的口味越来越刁，乌龟每天带回来的食物都不能满足它们。大儿子灵机一动打算跟踪父亲，看看这些食物到底是怎么来的，没准自己也能收获一番。

按照父亲的习惯，它总是每天清晨出发，于是大儿子便早早醒来，装作熟睡的样子，等父亲出门后就偷偷跟在身后。果然，父亲一路小心翼翼，来到了一处十分隐秘的森林角落，接着大儿子被眼前所见

❶ 国王好心地叮嘱乌龟：适可而止莫贪图。过分地贪图会使人丧失雄心壮志，沉湎于安稳的生活、陶醉于快乐的享受当中，会容易招致灾祸。然而，乌龟会吸取前一次的教训吗？

❷ 这则故事生动形象地用几个宝物和乌龟一家的故事告诉我们：这世界上没有不劳而获的午餐，即使有也是需要我们付出代价的。那些看似美好没有一点坏处的事物，往往背后隐藏着巨大的危险。

惊得说不出话来了——父亲每天带回来的美味佳肴竟然都是从一棵树上摘来的！

大儿子趁父亲还没有发现便转身跑回家，激动地把自己亲眼所见的事情告诉了弟弟妹妹们，然后带着它们来到了神树前。这时候，父亲已经离开了。它们撒了欢儿地爬上神树，贪婪地索取，到了家，它们就再也吃不下什么了。父亲看到自己带回来的食物剩了许多，还以为孩子们都生了什么病。

第二天，乌龟像往常一样来到神树前，可令它没想到的是，神树早已枯萎。这时，它联想到前一天孩子们的怪异表现，恍然大悟，一定是孩子们向神树贪婪地索取才导致了现在的局面！

乌龟回到家，气愤地指着孩子们说："我辛辛苦苦厚着脸皮向国王讨来的神树就这样被你们的贪婪无知毁掉了！这下好了！再也没有不劳而获的午餐啦！"说着，它推开家门就要离开。"从此往后，我再也不管你们的吃喝了，你们就自己去觅食吧。"说完，乌龟摔门而走。

神树死后，那片土地变成了一片荆棘丛，乌龟们无处可去便钻进了那片荆棘丛。直到现在，荆棘丛周围都常常会有乌龟出没。❷

日积月累

敲诈　蜗居　源源不断　美味佳肴　不劳而获

延伸思考

在你看来，你觉得魔鼓的存在是好处多还是弊端多？

魔鬼的女儿

名师导读

说起魔鬼，人们的第一反应就是害怕，因为故事里的它们往往有着可怖的容貌和凶煞的性格，如果用颜色来形容，那魔鬼一定是黑色的。可是，魔鬼就像我们人类一样，也有善恶之分，下面这则故事就打破了人们对魔鬼的刻板印象。

魔鬼的女儿常常化作少女的模样在人间游玩。一天，她在集市上好奇地参观、玩耍时，被一位卖盐的少年所吸引。她发现少年对每一位客人都十分耐心有礼貌，从他盐铺出来的人，脸上都带着满意的微笑，心满意足地抱着足斤足两的盐袋，而且还会不住地夸奖他的品质。

魔鬼之女听到人们对卖盐的少年如此称赞有加，便想亲自去一探究竟。❶她来到盐铺前，从口袋里掏出五枚钱币，放在柜台前。少年看了一眼钱币，然后熟练地操作起称量的器具，再将称好的盐仔细地包装好，递给了她，这才收下钱币。魔鬼之女没有拿走包好的盐，也没有离开，她呆呆地站在原地，皱着眉头，盯着少年看，可无论她怎么看也看不出眼前这个少年有何特别之处。

少年感觉到女孩没有离开，一直盯着自己看，便望向女孩，他十分温柔又绅士地询问：“姑娘，是我没称够盐吗？”魔鬼之女故意点点头，其实她连动都没有动那包盐，怎么会知道到底有没有缺斤少两呢。可少年没有深究，毫不犹豫地又称了些盐，和之前一样仔细地打包好，连同那五枚钱币一起递给女孩。魔鬼之女一下子就明白了，她皱着的眉头终于舒展开，微笑着接过盐和钱币，像每一个光顾的客人一样，心满意足地离开了。❷

结束一天的工作后，少年一闭眼满脑子都是女孩的面容，他自己都十分惊讶自己为何会这样。为了转移注意力，他开始计算一天的收支，可奇怪的事又出现了——一天的收入莫名地多出了不少。少年左思右想也不明白到底是哪里出了问题，只好洗洗睡了，可当他躺下刚闭上眼睛，女孩最后的那抹微笑便又出现在了眼前。“真可爱，”少年自言自语，“谁要是能娶这位姑娘，可真是有福气。”❸

少年并未再多想，甚至以为那是他们最后一次见面。不过后来，每逢小镇集市，女孩便来他这里买盐，少年每次都会偷偷多装一些给她。巧的是，每次散集后少年总是对不上账，总会多出一些意外的收入，而且一连三年都是这样。

直到一天，魔鬼之女来到盐铺找到少年，她没有买盐，而是对少年说：“我的父母对你的品质赞赏有加，他们想要见见你。”

少年听到心仪之人要带自己去见父母，又激动又紧张，快速打扮一下自己后，便跟着女孩出发了。

“你知道我是谁吗？”路上，魔鬼之女问少年。

少年摇摇头，只是笑。

“你都不知道我是谁就这样跟我走了吗？”女孩笑

❶ 吸引魔鬼之女的不是少年的样貌或财富，而是他的美好品质，这一点体现了非洲民间对美德的赞扬。

❷ 此处通过一系列动作描写，生动地表现出少年的细心、体贴。

❸ 这里暗示少年已经对魔鬼之女心生爱慕。

着说，然后故意装作阴狠的样子，“你就不怕我骗你？害你？”

少年摇摇头说：“不。”他越发觉得女孩可爱，笑得更厉害了。

“我是魔鬼的女儿，”女孩看着少年笑得那么开心，自己却心事重重，她突然停下，十分严肃地对男孩说，“我是魔鬼的女儿，这样，你还会愿意娶我吗？”

少年没有露出害怕的表情，甚至连惊讶都没有，他停下来，转身面对女孩，把双手合在胸前，十分虔诚地对她说：“无论你是谁的女儿，你就是你，我爱的就是这样的你，我想娶你，想和你永远在一起。”说罢，他向女孩鞠躬行礼表示忠心与爱。

少年真挚的表白驱走了女孩脸上的阴霾，女孩这才像往常那样露出阳光般明媚的微笑。两人短暂停留后再次出发。不一会儿，他们走到了一个山洞口，从洞口往里看，除了一片漆黑什么都没有。魔鬼之女让少年闭上眼睛，说：“紧跟着我，我没说让你睁开眼睛，你就不要睁眼，也不要放开我的手。”少年点点头，将女孩的手握得更紧了些。因为对女孩充满信任，少年全程都放开了步子走，没有丝毫犹豫和害怕，除了耳边呼啸的风声，什么都感受不到。当女孩不再往前走，耳边的风声也渐渐停息时，少年知道他们已经穿过了山洞。❶

“好了，你睁眼吧！”

❶ 少年并没有因为女孩的真实身份而感到害怕，爱超越了一切阻碍；而身为魔鬼的女儿，女孩也带有一些不自信，不过少年的真挚感化了她，给予了她巨大的力量。两人的互相信任，互相鼓励，即将成就彼此的幸福。

❷ 这番话与前文相呼应，表明少年对魔鬼之女的爱。

少年睁开眼睛，发现自己被带到了一座宏伟的宫殿前。

魔鬼之女带着少年来到父母面前，少年看到宝座上的魔鬼之王和王后便恭敬地行礼。

“快快请起！”魔鬼之王对少年说，“既然你已经知道我们是魔鬼，也知道你身边的人是魔鬼之女，你还愿意娶我们的女儿吗？”

少年紧握着女孩的手，深情地望着女孩，回答道：“我早已对公主表明了心意，无论她是谁，我都爱她，都要娶她。”❷

魔鬼之王对少年很满意，看到两个孩子如此相爱，他感到十分欣慰，于是说道：“那就按照你们的心去做吧。”

“谢谢父亲！”女孩和少年高兴地齐声说。

“不过，按照习俗，我们将女儿嫁给你，你是要准备彩礼的哦！”王后对少年说，“三十匹绸缎、十篮柯拉果，一点都不能少，你能做到吗？”

“没问题！”少年自信地回答。

“好！周五和周日都是吉日，你可以在这两天送彩礼来，接我的宝贝女儿。”王后也对少年十分满意，难以掩饰心里的欢喜。

少年和女孩短暂分开。告别后，少年用最快的速度回到镇子，着手准备彩礼，打算周五就去迎娶她。所以，他早早便准备齐了三十匹绸缎和十篮柯拉果，周四便来到了城堡。

“孩子，你回去将婚房收拾好再来吧！”魔鬼之王和王后说。

于是少年赶回家，仔仔细细地把屋子打扫了一遍，擦亮窗户，更新家具，摆上鲜花，将房间布置得温馨又喜庆。周五一早，少年又来到城堡，请求魔鬼之王把女儿交给自己。

“孩子，不要心急。你在房前种上树木花草，盛好供客人洗手的泉水，再好好准备两日，到时候再来接我们的宝贝女儿吧。”魔鬼之王说。

少年并没有因为一次又一次受阻而生气，他谢过魔鬼之王的指点，满怀激动地回家去了。

这回，少年耐下心来认真准备了两天，周日一早出发迎娶公主。不过，这次还没等他出发，新娘便在女仆的陪同下来到了少年家门口。少年看到身披红色嫁衣的女孩时紧张不已，女孩随风飘动的纱裙仿佛在少年心头拂动。期待了多日的少年此时终于见到了自己的新娘，可他却没有冲上去，而是一步一步庄重而神圣地靠近，两个人都深情地望着对方。

婚礼连续举办了四天，全城的人都为他们送来了祝福。婚礼后的第七天，按照习俗，女方家中会送来嫁妆。果然，这天魔鬼之王派十名仆人牵了十匹马，驮着无数金银财宝来到了少年家。一夕之间，少年从卖盐的小伙变成了全城首富。不过，他并没有因为暴富而改变，他一如从前那样朴实、真诚，他和妻子将用不完的财富拿来救济需要帮助的人们。

不过，安稳平静的日子中总有些插曲。一天，外城来的盗贼听说少年是全城首富便在夜里潜入他家，打算盗取钱财。不料，他的行动早早便被魔鬼之女发现了。当盗贼准备动手时，魔鬼之女嘴中喷出烈火将盗贼击倒。盗贼吓得惊呼：“有妖怪！有妖怪啊！妖怪！妖怪！”然后连滚带爬地逃出了少年家。

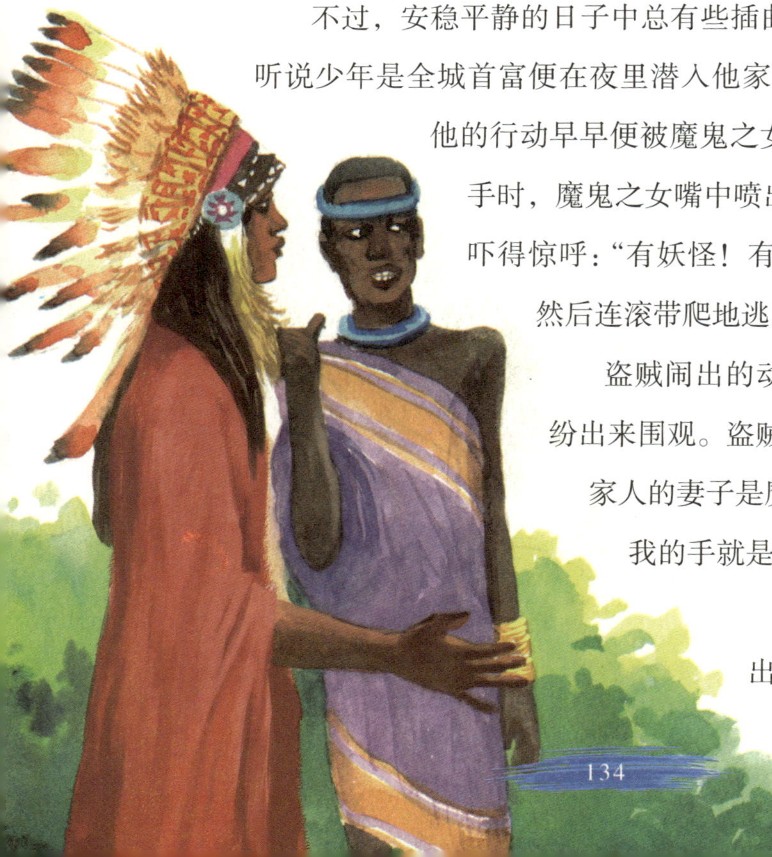

盗贼闹出的动静不小，周围的邻居纷纷出来围观。盗贼害怕地抓住人就说：“这家人的妻子是魔鬼啊！她会喷火！你看我的手就是被她烧伤的！”

这时候少年和妻子走出家门，邻居们小心翼翼地问："他……他说的是真的吗？"然后伸出手指向少年的妻子，"你的夫人真的是魔鬼吗？"

少年听言，紧紧搂住妻子回答说："没错，我的妻子就是魔鬼之女，不过，她是十分善良的魔鬼。"少年又满眼怒气地指着瑟缩在人群中的盗贼，说："他是比恶魔还恶毒的人，如果不是我的妻子及时出手，恐怕我家早被他洗劫了。"

邻居们一向对少年的为人深信不疑，听到少年的一番解释，心中的疑虑便解开了，一起将盗贼抓住送去审判。

插曲终究是插曲，少年和魔鬼之女的生活还在继续。少年在盐铺兢兢业业地做生意，魔鬼之女学会了纺织，在家里操持家务，两个人过着幸福的小日子。魔鬼之王的财富呢？他们都用来帮助城中需要接济的人了。人们对魔鬼的刻板印象从此大为改观。

日积月累

心事重重　瑟缩　深信不疑　兢兢业业

延伸思考

生活中，我们还对什么事物存在刻板印象？

蛇　神

名师导读

在非洲民间故事中，“蛇”象征着健康、智慧，因而备受尊崇，这一点与中国传统文化中蛇的意象有很大的差别。下面这则故事就体现了蛇神的“特殊能力”，想要知道到底是什么能力就开始阅读吧。

樵夫和他的妻子有两个孩子，大的是男孩，小的是女孩。两人去世后，贪婪又懒惰的哥哥霸占了父亲留下的所有遗产，可怜的妹妹一无所有，只好离开家，独自住在村子中的一间小破屋里。事实上，她根本无意与哥哥争夺财产。❶

勤劳善良的妹妹在家中搜寻了一番后，找到了一颗神奇的南瓜子。她在帮父亲干活时曾听父亲说过，这颗南瓜子结出的南瓜又大又甜，而且这种南瓜长得快，结的果还多。于是，她将南瓜子种在屋后的小田地里，每过几日便摘下几颗成熟的大南瓜拿到集市上卖，以此为生。集市上的人们都十分喜欢吃女孩的南瓜，都说这是他们吃过最香、最甜的南瓜！女孩做生意十分讲信用，从不缺斤少两，而且总是面带微笑，友善地招呼前来问询的客人。不久，她便有了些积蓄，购置了些家当。

妹妹生意红火的事很快便被哥哥知道了，哥哥不仅贪婪地霸占了全部遗产，而且还见不得妹妹比自己有出息，尤其当他知道妹妹是凭父亲留下的南瓜子做生意时，十分生气。他直接跑到妹妹那里，烧毁了南瓜秧，砸

毁了家具，还在争执中砍掉了妹妹的左手。❷

妹妹害怕极了，不知道哥哥还会做出什么过分的事，于是趁哥哥不注意便急忙背上一些行李逃离了村子。

离开村子的妹妹不知还有什么地方可去。父母双亡，兄长残暴，自己又失去了一只手，最终她选择了在森林里隐居。

妹妹在森林里搭建了一间木屋，还种了一些麦子和蔬菜，从此过着闲云野鹤般的生活。一天，一位前来打猎的男子误闯了她的小田园。男子被妹妹朴素的生活所打动，他十分惊讶于有人竟然能在森林里独自生活，而妹妹也没有驱赶这位“不速之客”的意思，对他的突然闯入毫不介意。在交谈中，男子了解了妹

❶ 妹妹对财产并不在乎，对哥哥忍让，心存情分，同时暗示后来也对哥哥手下留情。

❷ “砍掉手”是推动故事情节、引发矛盾的关键信息，与故事标题“蛇神”的出现紧密相关。

❶ 妹妹虽然身体残缺，但拥有美丽的心灵，而正是这颗美丽的心灵吸引了高贵的王子。

❷ 其实人很难做到不在意别人的看法，然而王子和王妃做到了。因为他们彼此相爱，眼里、心上只有对方。

❸ 嫉妒会使人失去理智，会使人变得庸俗，会使嫉妒者和被妒者都受到伤害。

妹的故事，妹妹也从谈话中得知，原来这个与自己促膝长谈的男子竟然是高贵的王子，让她更没有想到的是，王子对她一见钟情，决意将她娶回王宫。王子的真诚感动了妹妹，自从父母去世，就再也没有人这样温柔地倾听过自己的话语，这样为自己考虑了，而且王子即使知道自己身体的残缺也坚持初心，勇敢地向自己表白。❶

于是，妹妹跟着王子回到了王宫，两人举行了盛大的婚礼。不过美貌终究掩盖不住残缺，妹妹少一只手的事很快便传开了。有人说："这肯定是谣言！王子怎么会娶一个只有一只手的女人！"也有人说："这女人一定是什么妖精！迷惑了我们天真的王子！"总之，人们对这位从天而降的王妃并无好感。

不过，生活在王宫里的王子和王妃并没有受到民间传言的影响，他们两人相爱地过着平静的日子。到了第三年，他们的第一个儿子出生了。这时候，国王派王子前往一个极为偏远的地区巡视。王子心系边区百姓，接到任务后的第二天便与妻儿道别出发了。❷

哥哥过得如何呢？

他好吃懒做，虽然继承了父母留下的全部财产，但除了挥霍，他并不懂得如何好好利用这些财产去继续创造财富，所以他是坐吃山空。妹妹成了王妃，而他成了以乞讨为生的无业游民。这时，王子远行巡视的消息被哥哥听到，哥哥又心生歹念——他打算利用民间对王妃的传言蒙骗国王，加害妹妹。“谁让她过得如此舒心！凭什么让我沦落到乞讨的地步。”哥哥的心理已经极端扭曲，对妹妹的嫉妒和憎恨到了极点。❸

哥哥除了能说会道，其他一无所长，不过他就是凭着一张嘴来到了宫殿，见到了国王。

“尊敬的国王陛下！请听贱民一言！”哥哥装作能通灵的占卜家，一见到国王便“扑通”一声跪下，情绪激昂地说，“您有所不知，王子所娶的女人并非常人，她是巫女转世，她会把霉运带给王子的！”说完，他装作占卜的样子，摆弄着手里的几件占卜用具。“上帝保佑！”然后他又摆出一副预见到了什么可怕之事的样子，连连祈祷，“尊敬的国王陛下！这位王妃，哦不不不！这个巫女转世已经杀害了六个丈夫！王子现在危机万分呐！王子恐怕……恐怕……”

“恐怕什么？你倒是说！”国王听到面前的占卜家对儿子的预言吞吞吐吐，甚是着急。

“王子此次远行恐怕是凶多吉少呐……”哥哥故意提高语调夸张地说。

“你说的都是真的吗？”国王并不轻信这个来历不明的人。

“您可以不信我，但是您不能不信上帝的旨意，您的儿媳是否缺失左手？”

王妃缺失一只手的事一直都是传言，只有少数的王宫之人见过她，民间的人绝不可能知道此事的真假。更何况，这个人竟然如此确信地说出所缺之手的左右。国王这下才对占卜家有了一些信任。

“那我现在该如何才能救我的儿子？”国王如坐针毡，在宝座前来回踱步，然后干脆走到占卜家面前。

“杀。”占卜家回答。

国王虽然对儿媳的过去和身世一无所知，但相处这么久，他也知道儿媳并非恶人，他实在不忍心伤害她。但他也不能让子民因此传言而惶惶不能终日，如果自己什么都不做，等这个占卜家回到民间只怕会传出“连国王都被蛊惑”之类更为夸张的谣言。权衡之后，国王只好忍痛将儿媳和小孙子送出王宫，并在王宫后的山头为两人竖了两块假的墓碑，等儿子回来时，暂且骗他两人都死于疾病了。国王为了封口，给了哥哥许多财宝，还命他在王宫中任职。

王妃带着孩子离开了王宫，无处可去的她打算回到森林里的那间木屋。路上，她遇到了一只受伤的蛇，善良的她不忍心就这样看着蛇痛苦，便克服恐惧救了这条蛇。让她没想到的是，自己救的是一条神蛇。神蛇是生命和健康的象征，为了报答王妃对自己的救命之恩，神蛇施法让王妃缺失的左手长了回来，而且送给她一个首饰盒，里面是各式各样的戒指和手环。不过这个宝盒可不仅仅是个首饰盒，只要首饰盒的主人告诉盒子自己想要什么，盒子就能变出她想要的东西来。王妃谢过神蛇的礼物，带着孩子继续赶路。终于，他们回到了森林。

“请给我一间容得下我们母子的房子。”王妃虔诚地对着宝盒祈祷，然后轻轻打开它。果然如神蛇所说，宝盒打开的瞬间，一座十分豪华的房子出现在面前的平地上。

日子一天天过去，王子终于处理好了远方的事务，满心欢喜地回到了王宫，可迎接他的不是美丽的妻子和可爱的儿子，而是妻儿“双亡”的噩耗。王子备受打击，整天在妻儿的墓碑前哭泣。国王十分担心王子，便嘱咐王子的侍从，尽量带王子出去走走。

这天，侍从劝说王子出去到公园里的高塔上去散散心，那里是离王妃和小王子所在的天堂最近的地方。王子没有说话，默默地跟着侍从来到了

高塔。站在高塔上，王子忧郁地向远方眺望，他望的方向就是自己与妻子初遇的地方——那间可爱的森林小屋。❶

“那是什么？”王子指着远处的建筑问侍从。因为他在森林小屋的方向隐约看到了一间十分豪华的建筑，而那里除了自己和妻子应该没有人知道，而且，短短时间内在那么隐蔽之处出现了这么一座精美的建筑，实在不符合常理。

“哦，听说那是一个很富有的漂亮女人的家，她和儿子还有许多仆人住在那里。”侍从回答，“而且听说，那女人的生活一点儿不比皇宫里的逊色。”

“我得去看看。”一种莫名的感觉告诉王子他一定要去那里看看，说着他便起身要下塔，迫不及待地想去那里看个究竟。侍从急忙将情况告诉了国王和王后。国王听后从宝座上站起来，要随王子一同前往。❷

王子本想独自前去那里，可当他站在城门口准备启程时，国王带着浩浩荡荡的一群人赶来，因为国王知道，自己将儿媳送出王宫，儿媳很有可能就在这周边隐姓埋名地生活着，而能找到她的只有自己的儿子。所以，国王决定全力支持王子。就这样，一行人满心期待地向森林深处进发。

王子赶到时，王妃正在房子前的花圃中修剪花卉，她背对着王子。王子看到花丛中熟悉的身影，激动得流下了眼泪，一句话也说不出来。尽管他看到眼前这

❶ 故事前后呼应，很有代入感。

❷ 王妃原本的朴素和离开王宫后在蛇神馈赠下的富有形成对比，因而没有人怀疑那华丽的宫殿与王妃有关，在这样的前提下王子仅凭感觉决定前去，突出两人之间心灵的默契。

个人有两只手，但是直觉不会骗人，他知道，她就是自己的妻子。

王子流着泪，默默地走到妻子背后，小心翼翼地将手放到妻子肩上。

王妃仿佛被击中一般，突然停下了手中的工作。她没有立即转过身来，因为她简直不敢相信，肩上的那只手就是丈夫的手，她害怕这一切都是自己的错觉。直到王子终于平复了情绪，轻声在她耳边说："我回来了。"

王妃虽然背对着王子，却也早已泪流满面。她终于转过身，两个人紧紧抱在一起，开心地笑着，可眼泪却停不下来。

"母亲……"这时，小王子从房子里走出来。

"孩子快来，"王妃抹了抹眼泪，"这是你父亲。"

王子看到眼前已经长成少年模样的男孩就仿佛看到了曾经的自己，赶忙张开手臂紧紧抱住他。

"父亲，父亲，我终于见到您了。"小王子对父亲的印象全部建立在母亲的描述之中，母亲经常告诉他，说父亲勇敢善良，是个大英雄。

"不过，为何父王和母后说你们死于疾病了？"王子回过神来，问王妃当年到底发生了什么事情。

"说来话长。"王妃看向站在不远处，始终没有靠近的国王和王后。

此时的国王和王后一方面在为找到他们心爱的儿媳而高兴，一方面为自己当初的荒诞行为感到愧疚。当初他们本想偷偷资助王妃在宫外的生活，可没想到王妃的行踪难以捉摸，他们根本就找不到她。

不过王妃相信，当初国王和王后必定有难言之隐，所以心里并未责怪他们。"进来说吧。"王妃将所有人请回家，大家聚坐在一起，这才将当年的事一一还原。

"父王，我绝非巫女转世，"王妃诚恳地解释道，然后陷入了沉思，"那装作是占卜家的人是我哥哥。"王妃向国王和王后讲述了自己被哥哥砍下左手的事，还有其他太多被他欺负的事。

“这样的人真该死！”

“就是！应该对他处以最残酷的刑罚！”

众人纷纷为王妃抱不平。

“不！不！”王妃听到众人要处死哥哥，急忙解释，“我并不想他死，我想我的父母在天堂也不希望看到他们的子女互相残杀……”

“那就把他赶出我们的国家！”

“没错，这样一来，他就再也不能伤害你了！这也是为民除害。”

王妃默许了驱逐的处罚，这是她对兄长最后的情分。同时，国王下令全国不得伤害任何蛇类，将蛇类供为最高神灵。处理完一切，王妃和小王子时隔多年，重新回到了王宫，他们的生活终于回归了平静。

日积月累

樵夫　如坐针毡　惶惶不能终日　噩耗　眺望　迫不及待　小心翼翼

延伸思考

如果当初没有蛇神的帮助，王妃和王子还会相遇吗？

十只白鸽

名师导读

人间最珍贵的便是人与人之间真挚的感情，这种感情可能是纯洁的爱情，也可能是动人的亲情，也可能是真挚的友情，等等。下面就是关于一个女孩为了破除十个哥哥的诅咒而克服万难、做出许多牺牲的故事。

不知为什么，突然有一天，村子里出现了十只白鸽。这些白鸽常常围着一个样貌十分丑陋的女孩。❶

其实这些白鸽是女孩的十个哥哥。他们兄妹十一人本来和父母幸福地生活在一起，可母亲的病逝和继母的到来将原本的一切都改变了。原来，继母是一个心肠狠毒的巫婆，她十分厌恶小孩，所以也十分讨厌这些孩子。于是，她便对十个男孩施以诅咒，将他们都变成白鸽赶走了。至于美丽的小女儿，继母夺走了她的美貌和甜美的嗓音。当然了，这一切都是巫婆在他们的父亲不在家时做的。而当父亲回到家时，十个儿子已经“离家出走”，样貌和声音大变的女儿他也根本认不出来了。不论小女儿怎么解释，他都不相信眼前这个女孩是自己的女儿。再加上继母在一旁煽风点火，父亲决绝地将小女儿赶出了家门。❷

被赶出家门的小女儿一时受不了突如其来的打击——失去十位疼爱自己的兄长，被歹毒的继母毁容，还被亲生父亲赶出家门——只好坐在河边哭泣。女孩的哭泣声引来了十只白鸽。神奇的是，这十只白鸽落地时，继母的魔咒便失效了，哥哥们都变回了英俊帅气的青年，围坐在女孩周围安慰她。说来也神奇，即便女孩模样大变，连声音都变了，兄长们还是认得出她。

“亲爱的妹妹，不要哭，”哥哥们抚摩着女孩的头，搂着女孩的肩，“在我们眼里你永远都是那个善良可爱的小女孩。现在我们都无家可归，必须团结在一起。”

“嗯！”女孩用力地点点头，紧紧抱住哥哥们。

“我们十个变成鸽子以后就栖息在亲王王府的花园，你也同我们一起去那里吧。从今往后，哥哥们来保护你。”

说着，哥哥们便变回了白鸽的模样。原来，他们只有在日落后到日出前这段时间可以以人的样貌出现。

然后，女孩被十只白鸽带着来到了亲王王府花园。这天晚上，女孩做了一个奇怪的梦，她梦到一个神秘的老婆婆，老婆婆对她说了些奇怪的话。大概的意思是，橡胶树叶子做成的衣服可以让哥哥们恢复原貌。不过从做衣服直到哥哥们穿上这些橡胶树叶子的衣服，女孩一句话都不能说，必须始终保持沉默，否则就前功尽弃。而且机会只有一次，如果一次不成功，那继母对哥哥们的诅咒将永远不能破除。女孩醒来后，看到散落在身边的橡胶树叶子，便陡然回忆起梦里老婆婆的话，捡起树叶开始缝制衣服，并且谨记不能说话的规定。

生活在亲王王府花园，女孩难免会遇到亲王，可

❶ 先说明奇怪的现象，设置悬念，引发阅读兴趣，紧接着解答，展开故事。

❷ “父亲不在家”这一信息，为后来父亲得知真相后的行为做了铺垫。

❶ 前面的故事中我们说过，爱人之间的忠贞是十分重要的，首相正是利用了这一点，通过造谣引起亲王的重视。

❷ 亲王被事物的表象所迷惑，只是看到了事情的一半就轻易妄下结论，不去挖掘事件背后隐藏的真相。这种做法真是让人感到惋惜。

每次亲王向她致意时她都不作回应。因此，亲王一直以为她是个哑巴，也没有对她的失礼行为过分追究。日子就这样一天天过去，亲王对沉默的女孩渐生爱意，两人之间即使不用言语也能懂得对方的所思所想。终于，亲王对女孩表达了心意，决定娶女孩为妻，一同住进王宫。

即使成了这个国家的王后，女孩仍然坚守规定，保持缄默，坚持为哥哥们缝制衣服。

女孩与世无争，一心只想解救哥哥们，殊不知自己早已成为恶人们眼中的绊脚石。国家的首相觊觎亲王的权力，亲王还未娶妻时，首相的危机感还不是很紧迫，可一旦亲王有了继承人，那自己想要登顶的希望可就渺茫了。因此，首相暗暗决定从根上解决威胁——不给亲王继承人出生的机会——杀掉王后。不过他不会直接动手，这种手段过于低级。首相派人故意放出谣言，说王后每天晚上都会偷偷溜出王宫与情人幽会。事实上，女孩不愿别人知道自己在为哥哥们缝制衣服的事，总是深夜溜出王宫到花园里去收集橡胶树叶子。❶

谣言越传越凶，终于传到了亲王的耳朵里。亲王对于谣言一向不甚相信，可这关乎自己的妻子，他十分重视，打算亲自去察看一番。这天晚上，亲王在王宫的一个角落秘密观察，果真看到了蒙着面纱的王后趁守卫不注意溜出了王宫。

目睹了这一切的亲王，瞬间被怒气冲昏了头脑，他如此深爱的人竟然夜夜幽会情人！他无法忍受王后的不忠，下令派首相捉拿王后，并立即处以火刑。❷

首相阴谋得逞，高兴极了。而此时毫不知情的女孩正拿着收集好的橡胶树叶子，兴冲冲地走在返回王宫的路上，因为制作完这些叶子，解救哥哥们的衣服便大功告成了。不过她想不到，迎接自己的将是一场多么凶险的浩劫。

首相的士兵轻松地将女孩逮捕，对她念出亲王的旨意。女孩听到亲王要将自己处以火刑时，简直如被闪电击中一般悲痛欲绝。她多么想冲到亲王面前向他解释这一切，揭露首相的真面目！可她不能说！她若是说了，一切就都结束了，哥哥们将永远成为只能在黑夜行走世间的人，此生都不能摆脱继母恶毒的诅咒！因此，她什么都不能说，任凭首相耀武扬威，任谣言诋毁自己。即使在被囚禁时，女孩也抓紧时间为哥哥们缝制衣服，渴望着奇迹的出现。

火刑是在夜晚进行，因此女孩还有一次能将衣服给哥哥们穿上的机会。此时，她只能默默祈祷哥哥们感受到自己的呼唤，像被赶出家门时那样，再一次找到自己。

太阳渐渐躲到了山后，天光收起，夜幕降临，刽子手们准备点燃行火刑的柴堆。可不知怎么回事，这巨大的柴堆总是刚点着就被大风吹灭。原来是女孩的哥哥们听到了女孩的祈祷，循着女孩内心的呼唤找到了刑场。十只白鸽在柴堆上空一齐扇动翅膀，这柴堆便怎么都烧不着了。

这时候，女孩被押上了刑场，看到哥哥们的她趁机拿出刚缝制完成的衣服，向哥哥们一招手，十只白鸽便飞到了她身边。她用最快的速度给哥哥们穿上橡胶树叶子的衣服，转眼间，她周围多了十个俊朗的男子。原来，出现在她梦里的老婆婆说的都是真的！哥哥们的诅咒被打破，变回了人形。兄妹十一人紧紧依靠在一起，对抗首相的力量。

在此之前，女孩的父亲也和他们的继母闹翻了。当父亲回过神来，发现自己的孩子都没有回家时，他便质问妻子事情的真相。而这位女巫妻子倒也不遮掩，直接告诉他："你赶出去的那个女孩，就是你的女儿。"父亲得知女儿被妻子毁了容貌，还误被自己赶出家门时，十分气愤和歉疚，他立即和妻子翻了脸，出门寻子去了。

这天，父亲正好来到了刑场所在的集市，那里是城里人流量最大、最热闹的地方。本来，父亲无意围观，可听到人群中说"十个男孩和一个女孩"时，他立即想到"是我的孩子们吗？"然后他便挤到人群的最前面，想要看个清楚。果然！当父亲看到儿子们和女儿的身形轮廓时，他便认出了孩子们。他不顾一切地冲进刑场，和十一个孩子并肩站在了一起。

女孩看到父亲和恢复人形的兄长们，如释重负，哪怕她正面对着十分凶险的威胁，也不再害怕。这时，女孩终于可以说话了，她大声呼喊，要求见亲王。

首相此时已经惊呆了，他不知道王后是会说话的，围观的百姓当然也听到了王后的声音。因此，王后不会说话的谣言不攻自破。

亲王听到使者说王后求见，便立即起身前往刑场。亲王其实一直在等女孩向他求饶、向他示弱，只要女孩解释，只要女孩亲口告诉他，这一切都不是真的，都是谣言，亲王便会信她，就会放过她。现在好了，女孩可以说话了。

女孩见到亲王后，诚实地告诉了亲王自己的经历，再加上哥哥们和父亲的做证，亲王对此深信不疑，而且还被女孩的勇敢和坚强打动了。

接着，众人将矛头直指首相。已经恢复理性的亲王看清了首相的歹毒心思，果断下令将首相逮捕，施以了火刑。

日积月累

缄默　觊觎　得逞　耀武扬威　诋毁　刽子手　如释重负　不攻自破

延伸思考

如果你是亲王，你会轻易相信首相的话吗？

苏迪卡·姆斑比的故事

名师导读

我们多次提到，在非洲民间故事中，植物是富有灵性的，下面这则故事中的“生命树”就充分体现了这一点。虽然它只是民间流传的神话传说，但足以体现非洲人民对植物的敬畏。

太阳和月亮的女儿嫁给了恩祖亚，婚后两人同恩祖亚的父母住在一起。

那是一个十分平常的日子，恩祖亚去楼安达进行每周一次的货物买卖。可当恩祖亚回到家时，他发现家里的房子竟然不翼而飞了。这时，他才联想到回来路上所感受到的怪异气氛——村子里今天十分安静，而且路上没有看到一个行人。他顿时感到不妙，立马在村子里逛了个遍，结果一个人都没见到。

到底发生了什么？

原来，恩祖亚早上刚一出发，食人怪马基希便闯进了村子，它把村子里的一半村民都吞进了肚子里，幸存的村民哪还敢继续住在村里，早就逃走了。❶

恩祖亚找到家人曾约定的避难山洞，果然在里面见到了父母和妻子。虽然家园被破坏，但恩祖亚和妻子并没有倒下，他们寻找到新的家园，勤劳地耕种，勇敢地狩猎。不久，他们可爱的双胞胎儿子出生了，哥哥名为苏迪卡·姆斑比，弟弟名为卡邦东吉鲁。兄弟俩长大后的第一件事，便是去森林里搜寻最结实的木材，为父母打造新的住所。恩祖亚为两个儿子的孝心感到无比骄傲。

❶ 食人怪的突然袭击扰乱了村子的安宁，幸存的村民会善罢甘休吗？

后来，苏迪卡·姆斑比听说了食人怪捣毁祖父母和父母家园的事，决心要去和食人怪马基希大战一场，为家人报仇，为村民们报仇。苏迪卡·姆斑比不是意气用事的人，他知道食人怪马基希十分狡猾，很难对付，因此和弟弟卡邦东吉鲁制订了一番计划。兄弟两人在花园里种下一棵生命树，并且用苏迪卡·姆斑比的血液浇灌了七天，这样，一旦苏迪卡·姆斑比在外遇到危险，生命树便会开始枯萎，卡邦东吉鲁看到就会马上出发支援。❷

❷ 生命树是整个故事中联系两兄弟、两个空间的重要信物。

安顿好一切，苏迪卡·姆斑比便上路去找食人怪马基希了。走了没多久，他便遇到四个基帕兰德人。基帕兰德人一向自恃聪明，看不起外来者，不过这时他们正在为邪恶的老女巫发愁。这个老女巫已经在基帕兰德人的村子里胡作非为好长一段时间了，没人能治得了她。不过，苏迪卡·姆斑比一来便带着基帕兰德人将老女巫赶出了村子，还娶了老女巫美丽善良的孙女为妻。基帕兰德人虽然感激

❶ 生命树的状态暗示着苏迪卡·姆斑比的命运，说明他并没有因为掉进陷阱而身亡，但事情到底如何，这里设下了悬念，需要进一步阅读。

❷ 天无绝人之路，何况是善良的苏迪卡·姆斑比。老婆婆的出现更让我们相信：善良的人运气都不会太差，他所付出的一定会得到回报。

苏迪卡·姆斑比赶走了难缠的老女巫，可嫉妒之心很快掩盖了他们的感激之情。基帕兰德人难以容忍比自己更聪明勇敢的人，于是计划着加害苏迪卡·姆斑比。他们在苏迪卡·姆斑比平常坐的地方挖出一个坑，用席子盖住坑口，这样苏迪卡·姆斑比一坐便会掉进陷阱里。

苏迪卡·姆斑比虽然骁勇善战、足智多谋，但心思单纯，从未对基帕兰德人有过恶意揣测，所以他毫不犹豫地便坐了下去。基帕兰德人看到他掉进了陷阱，立马将坑口用岩石盖住了。

这时候，卡邦东吉鲁发现哥哥的生命树正在迅速枯萎，他赶紧尝试给生命树浇水，说不定还有挽救哥哥的可能。神奇的是，生命树渐渐恢复了生机，颜色也变得青翠起来。❶

原来，苏迪卡·姆斑比掉进陷阱以后躺在坑底动弹不得，正好发现坑底边缘有微亮的光。原来在薄薄的土层后面是一个连基帕兰德人都没有注意到的出口，不过这是一个通向亡灵之国的出口。苏迪卡·姆斑比没有其他选择，只能从这个出口逃走。通往亡灵之国的路上，他遇到了许多在人间从未见过的生命，最先遇上的是个老婆婆。这个老婆婆只能算是半个人，为什么这么说呢？因为这老婆婆只有一只眼睛、一只耳朵、一条胳膊、一条腿。当时，老婆婆正在锄地，苏迪卡·姆斑比走近去问路，老婆婆人很和善。不过，她让苏迪卡·姆斑比帮着干农活儿作为指路的报酬。苏迪卡·姆斑比欣然答应，细致地帮老婆婆干活儿。干完活儿，老婆婆告诉苏迪卡·姆斑比想要离开这儿，就必须去卡隆盖·恩贡比家求娶他的女儿，而要去卡隆盖·恩贡比家只能走窄路，千万不能走大路。❷

“还有，带上这些。”老婆婆拿出一罐红辣椒和一罐“智慧”，对苏迪卡·姆斑比说，“带上这两个才能到。”

苏迪卡·姆斑比接过辣椒和“智慧”，向老婆婆道谢后便出发了。他谨记老婆婆的话，走窄小的道路，始终把两个罐子拿在手里，走着走着便来到了一座房子前。

“这就是卡隆盖·恩贡比的家吧。”苏迪卡·姆斑比心想。

正当苏迪卡·姆斑比准备推开卡隆盖·恩贡比的家门时，一只巨大的看门狗从屋子后面冲了出来。苏迪卡·姆斑比并没有畏惧，他大声呵斥了一下，看门狗便乖乖退后了。接着，卡隆盖·恩贡比一家人恭敬地将苏迪卡·姆斑比请到家中，为他安排了上好的客房，请他在家中过夜。苏迪卡·姆斑比婉拒了卡隆盖一家人的邀请，开门见山地请求卡隆盖将女儿许配给自己。

“英雄啊，不是我不愿意，”卡隆盖·恩贡比听到苏迪卡·姆斑比的请求后，像是被戳中心事一般，脸色瞬间变得阴郁了，说，“只是，现在连我都见不到我的女儿啊。”

“这到底怎么回事？发生了什么？”苏迪卡·姆斑比问。

“前些日子，我那可怜的女儿被一个叫津约卡·基亚·童巴的巨蛇带走了，现在生死未卜。那巨蛇有五个脑袋，十分凶猛，我们一家人都无能为力。”卡隆盖·恩贡比痛苦极了，看得出他非常思念和担心女儿，继续说，“倘若英雄你能救回她，我相信她会答应嫁给你的。”

苏迪卡·姆斑比一心救人，毫不犹豫地上了路，去找巨蛇津约卡的洞穴。可到了津约卡洞穴口，不管苏迪卡·姆斑比怎么喊，巨蛇都不出来。后来从洞里传出一个声音，听起来似乎是津约卡的妻子。那个声音说："津约卡去打猎了，晚些才回来。"

"打猎？"苏迪卡·姆斑比心想，"是又去害其他姑娘了吧！"

没办法，苏迪卡·姆斑比只好先潜伏在洞穴一边，等待津约卡回来。可没多久，苏迪卡·姆斑比忽然被一大群红色的食人蚁包围。这些红蚁十分生猛，任何活物都能被它们啃个精光。但是对于苏迪卡·姆斑比来说，这些红蚁根本不是威胁，他手臂一挥，就击溃了蚁群。紧接着，空中有一大片黑压压的"乌云"朝着苏迪卡·姆斑比快速地移动，还伴随着越来越刺耳的"嗡嗡"声。那不是什么乌云！是一大群马蜂！苏迪卡·姆斑比知道，巨蛇就要出现了。果然，他刚对付完马蜂，巨蛇的五个脑袋便依次出现了。苏迪卡·姆斑比举起随身佩带的宝剑，将巨蛇的脑袋一个一个砍掉，打败了巨蛇津约卡。

巨蛇津约卡死后，他的妻子便离开了洞穴，苏迪卡·姆斑比顺利地在洞穴中找到了卡隆盖之女，将她安全地送回了家。

不过，卡隆盖并没有马上同意将女儿嫁给苏迪卡·姆斑比，他还要好好考验一番这个年轻人。

卡隆盖告诉苏迪卡·姆斑比，除了巨蛇津约卡，村子里还有一个叫津比济的巨鱼，以偷窃村民家的牲畜为生。他家的羊和猪也没有幸免。

"如果你能打败津比济，我就同意这门婚事。"卡隆盖对苏迪卡·姆斑比说。

苏迪卡·姆斑比从不拒绝挑战，即刻起身了。他知道巨鱼津比济贪食家畜，于是买来一只羊作为诱饵，在江边坐等巨鱼上钩。这次，苏迪卡·姆

斑比可没那么走运，他小看了巨鱼的力量，不仅没能把巨鱼钓上岸，反而自己被巨鱼拖进了江中，一口就被吞下了肚。❶

此时，卡邦东吉鲁看到哥哥的生命树比上一次更为迅速地枯萎，便立即出发前去救助。卡邦东吉鲁找到基帕兰德人，质问其苏迪卡·姆斑比的下落。基帕兰德人心虚，绝口不提陷阱的事。

“生命树枯萎，哥哥一定是遇到了危险。这些基帕兰德人肯定隐瞒了什么。”卡邦东吉鲁心想。为了套出基帕兰德人的话，卡邦东吉鲁故意说：“唉，真是可惜，苏迪卡·姆斑比身上有不少财宝呢，这下都没了。”

自以为聪明的基帕兰德人上了钩，当天夜里便偷偷挪开陷阱上的巨石，欲打捞财宝。卡邦东吉鲁跳下深坑，顺着哥哥走过的路一直找到卡隆盖家。得知哥哥被巨鱼津比济吞掉了，卡邦东吉鲁马上又去江边钓巨鱼。卡邦东吉鲁神力无穷，轻轻松松地便将巨鱼津比济钓上了岸，剖开鱼肚，捡出哥哥的骨头，埋进了随身携带的生命树生长的土壤，默念：“哥哥，复活！”苏迪卡·姆斑比便重新活了过来。❷

复活的苏迪卡·姆斑比和弟弟一同返回了卡隆盖家，迎娶了卡隆盖的女儿，后来终于离开了地下，返回了人间，并打败了食人怪。

❶ 苏迪卡·姆斑比再遇危机，预示着生命树必然也会有所反应。

❷ 生命树再次发挥作用，它反映出了苏迪卡·姆斑比的生命状态，而且由于生命树最初是用苏迪卡·姆斑比的鲜血灌溉的，所以还能起死回生！

日积月累

不翼而飞　意气用事　骁勇善战　足智多谋　生死未卜　幸免

延伸思考

如果你也拥有一棵能预示生命的树，你会如何守护它呢？

耶达纳神话

名师导读

天神的厉害之处到底是什么呢？是他们无所不能的神力，还是他们所住的云朵宫殿？下面这则神话将告诉我们，天神的厉害之处，在于拥有引导生命互相救赎的智慧。

从天上来的洪水冲毁了人间的一切，幸存的人们无家可归，饥寒交迫。众神实在于心不忍，便下凡建造了一座城市供幸存者居住。这座城便是基修城。众神从幸存者中挑选了一个叫耶达纳的人，让他做基修城的国王。

天候神把一种叫幽孚的神树种在了自己神殿的后院。幽孚树在地表部分的树根粗壮结实、错综复杂，是蛇穴的最佳选址；幽孚树的枝丫繁茂坚韧，是鹫鸟最爱筑巢的地方。在同一棵幽孚树居住的蛇和鹫鸟两家，感情十分亲密，曾发誓互不侵犯，和平友好地共享幽孚树提供的生活空间。后来，蛇和鹫鸟同时生了后代。大蛇每天在草原上与羚羊、狍子打斗，为小蛇们带回丰富的食物；大鹫鸟也每日在外奔波，寻找猎物，一口一口地喂养雏鹫。小蛇和雏鹫在大蛇和大鹫鸟的精心照顾下健康地成长着。

渐渐地，大鹫鸟对树下的邻居小蛇起了歹念："有现成的猎物我不吃，飞老远去觅食，多划不来！"大鹫鸟看着一天天长大的小蛇，就好像在看着自己的盘中餐变得越来越肥美。终于，小蛇足够大时，大鹫鸟便将其当作给小鹫鸟的食物叼到了高处的巢穴。当在外辛苦了一天的大蛇，兴冲冲

❶ 是蛇轻信了鹫鸟的花言巧语，才失去自己的孩子。

❷ 看到这里你有没有好奇，为什么太阳神不直接用自己的神力解救鹫鸟呢？请你继续往下阅读。

地带着一天的战利品回到幽乎树根时，迎接它的不是可爱的小蛇们，而是空空荡荡的洞穴。大蛇怎么也没有想到，自己的孩子竟然是被鹫鸟吃掉了！大蛇悲愤交加，但拿住在枝头的鹫鸟毫无办法，它只好找到太阳神夏马修，让他为自己做主。❶

“尊敬的太阳神殿下！请您惩罚鹫鸟！”大蛇向夏马修哭诉道，“这鹫鸟违背我们的誓言，狠心至极，将我可怜的孩子们拿去投喂自己的孩子，还捣毁我的洞穴，让我无家可归！”大蛇说完便放声哭起来。

“竟然有这样的事！”太阳神夏马修听完大蛇对鹫鸟的控告，气愤极了，“我会为你讨回公道。不过要想惩罚鹫鸟，你得先拔一根它的羽毛。”

“鹫鸟是我的天敌，要我拔它的羽毛简直是要我的命啊！”大蛇没有信心可以完成这个任务。

“不必担心，我有办法。”太阳神夏马修怎么会不知道蛇怕鹫鸟呢，原来他早就想好了对策，“你现在穿过草原，再翻过草原尽头的山，那里有一具野牛的尸体，到时候，你就躲在野牛肚皮里，那里的肉质最为鲜美，鹫鸟第一口一定会咬那里。”太阳神夏马修能观测人间各处正在发生的事，他接着说，“我看到你的鹫鸟邻居正在往那里飞呢！到时候，等鹫鸟一靠近，你便从野牛肚皮里钻出来，缠住鹫鸟的翅膀，在地上它可不是你的对手！”

蛇听完太阳神夏马修的安排，信心倍增，连夜赶路来到了野牛尸体边。大蛇按照太阳神的计划，静静地卧在野牛肚子里等待。终于，言而无信的鹫鸟来了。贪婪的鹫鸟果然如太阳神所料，第一口便要咬野牛肚皮。可它的尖喙还没碰到野牛，大蛇便猛地蹿出来，紧紧缠住了它。被束缚住翅膀的鹫鸟没有一点还击的能力，浑身的羽毛被拔了大半。

大蛇留了鹫鸟一命，按照太阳神的指示，将鹫鸟连同它的羽毛一起，丢进了深深的地穴，总算报了杀子之仇。

遍体鳞伤的鹫鸟再也飞不起来了，荒凉的草原上只有野牛的尸体陪着它。孤立无援的鹫鸟只好向太阳神祈祷："尊敬的太阳神殿下！我已经为自己的错误付出了代价，请您救救我吧！"

太阳神夏马修听到了鹫鸟的祈祷，对鹫鸟说："既然你已经为违背与蛇的誓言付出了代价，羽毛也被丢进了地穴，而且诚心悔改，那我救你这一回，再给你一次机会。"太阳神夏马修是正义之神，也是希望之神。

"感谢您，我尊敬的太阳神！从今往后，我将任您使唤！"鹫鸟对太阳神的救命之恩感激涕零。

"当有人来时，你便能获救了。"太阳神夏马修说，"在那人来之前，你要做的便是静静等待。"❷

鹫鸟听了太阳神的话，卧在深深的地穴里休养，等着救世主降临。

这时，基修城的国王耶达纳找到太阳神。

"尊敬的太阳神殿下！请您收下这些肥美的牛羊肉和新鲜的牛羊血，接受我和我子民的朝拜！"耶达纳虔诚地对着太阳神跪拜，"请您赐予我和妻子一个健康的孩子吧！我会培养他成为人间最为开明的君主！"

原来，耶达纳与妻子成婚多年却一直没有孩子，基修城的子民和大臣们都十分担心社稷的继承问题，他们为耶达纳准备了丰富的贡品以供他来求见

太阳神。

“请您告诉我如何才能找到天界的‘送子草’！”耶达纳的巫师告诉他，天上有一种神奇的仙草，叫“送子草”，顾名思义，吃了“送子草”便很快能生出孩子。

“我帮不到你。不过鹫鸟可以。”太阳神十分喜欢这个诚实朴素的基修城国王，正好让他去找鹫鸟，还能救鹫鸟一命，这样鹫鸟一定不会拒绝救命恩人的请求。他继续说：“你穿过草原，然后翻过草原尽头的山，在那里，你会看到一个破了肚皮的野牛的尸体，尸体旁边有一个深深的地穴，鹫鸟就在那里面。”❶

耶达纳谢过太阳神后便上路去找鹫鸟。穿过草原、翻过高山后，耶达纳远远便看到了一具野牛的尸体，不过耶达纳没有轻易下定论，走近看到野牛的肚皮确实是破开的，这才认定自己找对了地方。

鹫鸟时隔许久，终于听到有人的脚步声，于是大声啼叫求救。

耶达纳顺着鹫鸟的求救声找到了地穴。

“请救救我！”鹫鸟迫切地对耶达纳说。

“我可以救你，不过我救你上来后你得帮我一个忙。”耶达纳打算靠鹫鸟找“送子草”，毕竟鹫鸟曾生活在天候神的后院，对天界的花花草草一定很熟悉。

“我答应你！快救我上去吧！”鹫鸟急着离开地穴，一口便答应了耶达纳。❷

将鹫鸟从地穴里救上来对于耶达纳来说简单极了。

❶ 看到这里我们就知道，太阳神通过让鹫鸟和耶达纳互相救赎来实现双方的愿望，一举多得，这便是太阳神的智慧。

❷ 每个人都有求生的欲望，特别是在身处险境时表现得最为明显。当鹫鸟因为失信而身临绝境时，它求生的本能就展露出来了。它迫切地希望自己能离开这里。

耶达纳还将自己的食物分给鹫鸟补充能量。

鹫鸟休息了几天便重新恢复了精神。这时，耶达纳再次提起约定："我知道你住在天上，所以我想请你帮我找到'送子草'。"

鹫鸟吃过一次违背誓言的教训，再也不敢食言，更何况这是与自己救命恩人的约定。鹫鸟毫不犹豫便答应了耶达纳："没问题。不过我们得到天上去。"

"我怎么去呢？"耶达纳摊开双手，问鹫鸟。

"恩人，你抓住我的脖子，我带你飞到天上去。"鹫鸟蹲下身子，好让耶达纳抓住自己的脖子。

"准备好，我要飞了！"

不愧是鹫鸟，它飞得十分快速而稳健，一眨眼的时间，耶达纳便已经离地面千丈高。

"瞧瞧人间的大好河山！"鹫鸟好久没有如此自在地在空中翱翔了，十分享受在空中乘风前行的感觉。而耶达纳呢，吓得紧紧抓住鹫鸟的脖子，一动不敢动，这要是掉下去，还不得摔得粉碎！

两个小时过去了，鹫鸟说："恩人！你看看底下！广阔的大海现在看来就像一个池塘那样小！"耶达纳不敢看，只是埋着头应和。

四个小时过去了，鹫鸟飞得更高了些，说："恩人！你现在看又同刚才不一样！这地上的大江大海就像田地里的小水渠一样！"耶达纳更不敢看了，埋着头不说话。

又飞了两个小时，终于快到天界了。进入天界之前，他们会穿过一些众神看守的空域，鹫鸟飞过时便与看守的天神友好地互相问候。

"您好亚努神！"

"辛苦了恩利路神！"

“再见叶亚神！”

鹫鸟在各个神殿之间穿行，左拐右拐，一会儿俯冲，一会儿急停，耶达纳实在吃不消，于是就告诉鹫鸟自己不找“送子草”了，让鹫鸟送自己回到人间。

鹫鸟觉得这倒无所谓，既然恩人要自己送他回家，就答应了。它便调转方向，朝基修城飞去。

返程的路总是比来时的路更轻松，鹫鸟一连高速飞了六个小时，耶达纳始终紧紧抓住鹫鸟的脖子，不敢有一丝一毫的松懈。

就在这时，靠近地面的低空突然刮起一阵强风，顿时灰尘满天。鹫鸟和耶达纳在狂风中失去了方向，不知掉到哪里去了。

日积月累

错综复杂　悲愤交加　孤立无援　社稷

延伸思考

试想，为什么最后互相帮助的鹫鸟和耶达纳会失去方向不知所踪呢？

智斗女妖

名师导读

前面讲了不少关于天神和魔鬼的故事，下面是一则关于女妖的故事。面对女妖的诱惑，保持理性已经很难，故事的主人公不仅能保持清醒，还在关键时刻挽救了哥哥们的性命。不过，这个主人公有些不同于常人之处。阅读故事后，试着回答他到底哪里“不同”。

女妖迪博·恩格尔长得十分漂亮，她的十个女儿更是美若天仙，把小伙子们迷得神魂颠倒。小伙子们甚至忘记了她们是妖的事实，慕名而来者络绎不绝。不过，没有一个小伙子生还。

住在村子里的十兄弟听说迪博·恩格尔有十个娇美的女儿，打算结伴前去一睹芳容。十兄弟的母亲极力劝阻，告诉他们迪博·恩格尔可是个狠毒的女妖！可十兄弟决心已定，没人能拦得住他们。母亲了解自己的孩子，知道自己阻拦也是白费后，便放任孩子们去了，至于能不能平安回来，全看孩子们自己的造化了。

十兄弟走的第二天，他们的母亲便生出了第十一个孩子。不过，这个孩子长得十分矮小，只有母亲的小手指那样大，母亲给他起名“弗雷尔”。更神奇的是，这孩子一出生便能说会走。

“母亲！我的哥哥们呢？”弗雷尔问母亲。

“他们去迪博·恩格尔家看漂亮姑娘了。”母亲惊讶极了，这孩子才刚

出生就对世界如此了解。❶

“不行！”弗雷尔说着冲出家门，“哥哥们有危险，我得跟着去保护他们！”

母亲根本来不及阻拦，弗雷尔虽然矮小，但是身手敏捷，跑得很快，不一会儿便追上了哥哥们。❷

“哥哥！哥哥！”弗雷尔在哥哥们的肩上跳来跳去，“我是你们的十一弟，来保护你们的！”

十兄弟觉得好笑极了，这么一个小人儿竟然说要保护他们十个身强体壮的年轻人。不过他们也没有拒绝弗雷尔，而是带着他一起前往了迪博·恩格尔的家。

“欢迎光临！年轻帅气的小伙子们！”迪博·恩格尔预知到会有十个小伙子登门拜访，早就在门口迎接了，笑着说，“来来来，快进来！我的女儿们就在里面，快进来见见她们！”

十兄弟没想到会受到如此热烈的欢迎，一个个高兴极了，兴高采烈地进了迪博·恩格尔的家。不过，迪博·恩格尔没有预知到弗雷尔会出现，因为弗雷尔太过矮小，坐在哥哥的上衣口袋里，实在让人难以发现。

迪博·恩格尔女儿们的美貌果然名不虚传！十兄弟刚看到第一眼就被她们迷得神魂颠倒，满脸通红，僵硬地呆站着，手脚都不知道该怎么放。这时，迪博·恩格尔端着美酒和食物过来，请十兄弟坐下。十兄弟和十姐妹相谈甚欢，觥筹交错间一天很快就过

❶ 这里暗示了弗雷尔惊人的洞察力，也为后来他帮助哥哥们逃脱魔爪埋下了伏笔。

❷ 别看弗雷尔个头小，本领倒是不小，很快就追上了哥哥们。看来，他一定还拥有其他神奇的力量。接下来，看他如何拯救自己的哥哥们吧。

❶ 这里，被子的颜色很关键，直接关系到十兄弟的生死。

❷ 迪博·恩格尔到底在房间里做了什么？

❸ 机智的弗雷尔使用“调包”手段，不仅拯救了自己的哥哥们，也惩治了恶毒的老巫婆，真是一举两得。

去了。

十兄弟已经喝醉，纷纷起身准备告辞离开。

“天色已经黑了，路途遥远，不嫌弃的话，你们先在这里凑合一晚？”迪博·恩格尔邀请十兄弟留宿。

迪博·恩格尔的话对十兄弟而言，可谓正中下怀。本就恋恋不舍的十兄弟开心地留下来和十姐妹继续喝酒跳舞。不知又跳了多久，十兄弟终于醉倒在地。迪博·恩格尔将他们一个个挪到女儿们的房间，给他们盖上白色的被子，给女儿们盖上黑色的被子，然后回到自己的房间睡觉去了。❶

整座房子安静极了，只有弗雷尔还没有睡着。直到女巫迪博·恩格尔的呼噜声传来，弗雷尔才蹑手蹑脚地溜出来，走进哥哥们所在的房间。

迪博·恩格尔因为没有喝酒，很快就醒来了，这时候十兄弟们正徜徉在美梦里呢！她拿出早已准备好的大刀，一声不响地溜进女儿们的房间。看到迪博·恩格尔进来，弗雷尔迅速躲在一边。只见迪博·恩格尔挥起大刀，一口气砍掉了盖着白色被子的十个人的脑袋。因为施加了巫术，所以整个过程没有一点声响，盖着黑色被子的“女儿们”丝毫没有被打扰，安稳地沉睡着。处理完一切，迪博·恩格尔心满意足地悄悄回到了自己的房间，继续睡觉去了。❷

等到迪博·恩格尔的呼噜声再次响起时，弗雷尔才从房间角落出来，使劲摇着盖着黑色被子的十个人。

原来，弗雷尔将十兄弟和十姐妹的被子调了个儿。

“快醒醒！快醒醒！”弗雷尔拼命地摇着，“老巫婆很快就会醒来，咱们得赶紧离开！”

十兄弟醒来后发现十姐妹的脑袋都被砍掉了，吓得睡意全无。十兄弟慌忙起身，朝着家的方向狂奔。

很快，老巫婆迪博·恩格尔醒来了。她本想叫醒女儿们一起享用这十个愚蠢的精壮男子，可让她没想到的是，一推开女儿们的房门，发现黑色被子被乱扔了一地，十兄弟已经逃跑了，而自己竟然错杀了十个女儿！她又气又愤，二话不说冲出房门，乘风追杀十兄弟。❸

弗雷尔一路十分谨慎，不时看看上空又看看身后。当弗雷尔发现老巫婆迪博·恩格尔追过来时，他跳下哥哥的肩膀，在树丛里找出一只乌雀蛋，猛地往地上一砸，十兄弟和老巫婆中间就被一条大江隔开了。

老巫婆迪博·恩格尔可不是好对付的。她掏出宝葫芦，默念一句咒语，江水便都被吸进了宝葫芦。

弗雷尔看到迪博·恩格尔再次追了上来，便捡起路边的石子朝她砸去。

可小小的石子怎么能对付得了巫术强大的迪博·恩格尔呢？不必担心！其实弗雷尔对石子施了法，石子一落地便会变成一座大山，拦住老巫婆。

老巫婆迪博·恩格尔从路旁随手捡起树枝，施法将其变成巨斧，巨斧一挥，大山便被劈成两半。不过这时，十兄弟和弗雷尔早已不见了踪影。老巫婆迪博·恩格尔气得直跺脚，可也没有办法，只好掉头往回走。

逃离老巫婆魔爪的十兄弟和弗雷尔总算是顺利回到了家！第二天清晨，一位村民来敲他们家的门，说是村口有个漂亮的少女找弗雷尔。弗雷尔一听说有人找自己，二话不说便跟着村民来到了村口。

那女孩身姿摇曳，十分妩媚，受到了村民们的热情款待。可不论村民们如何邀请，女孩只站在村口就是不肯进来，直到弗雷尔出现，村民们催促着他，赶紧将女孩请进村子里。

弗雷尔在村民们的催促下向女孩走去，可弗雷尔刚走到女孩身边，突然有一条巨大的蟒蛇从女孩身后窜出来，径直扑向弗雷尔。

原来，迪博·恩格尔就藏在村子附近的树林中监视着十兄弟的一举一动，等待出击的机会。无奈村子里的生活太过平静，迪博·恩格尔只好变成一个少女将弗雷尔引到村口，然后趁机袭击他。

不过弗雷尔也早有准备。一听到村民说有人找自己，弗雷尔便知道，那一定是老巫婆的诡计。看到少女婀娜的身姿后，他更加坚信了自己的猜测。幸好弗雷尔出门前随手带上了火种，当巨蟒扑向自己的时候正好派上用场。弗雷尔猛地将火种打着，丢向巨蟒。巨蟒身体沉重笨拙，根本来不及反应，身体就已经被烈火烧着。不一会儿，巨蟒便被烧成灰烬，老巫婆迪博·恩格尔彻底被消灭了。

目睹了一切的村民们欢呼喝彩，庆祝老巫婆的毁灭。弗雷尔这下在全村都出了名，成了人人皆知的英雄。

日积月累

络绎不绝　造化　神魂颠倒　正中下怀　婀娜

延伸思考

你认为，故事中的弗雷尔为什么能成功地救出哥哥们？

最勇敢的人

名师导读

千年以前，自然的力量是人们面对的最大挑战，在复杂的自然环境中生存最需要的便是“勇敢”的品质。下面这则故事就与“最勇敢的人”有关。

人们都说哈桑是世上最勇敢的人。你看哈桑那强壮的身体，简直像一座小山一般立在地上；你再看看哈桑天不怕地不怕的性格、乐于冒险的勇气，这世上好像就没有能让哈桑感到害怕的事！

哈桑在他所生活的地方当属最勇敢的人了，可他还想到外面的世界看看，他想见识更勇敢的人。而且，他还有一个打算：要是碰到比自己更勇敢的人，他便再也不回村子了。❶

带上宝剑，装好食物，喂饱马儿，告别亲友，哈桑便头也不回地出发了。马儿将他带到了一片沙漠之中，夜幕降临，他们只好停下，准备在沙漠里度过第一个夜晚。一天下来，路途艰辛，哈桑疲惫极了，打算烤几块香喷喷的面包犒劳自己。然而，正当他坐在火堆旁烤面包片时，随着几声“轰轰”的巨响，大地裂开了一个黑洞，一个全身乌黑的巨人从里面蹿了出来。

黑巨人像是循着烤面包片的香气来的，一出洞便朝着哈桑喊：“小孩儿！把你手里的吃的给我拿来！”

“真是无理的大块头！”哈桑心想，“凭什么？”哈桑才没有被眼前来历不明的黑巨人吓住，他拒绝将自己精心烤制的面包片交给这个一点礼貌都没有的家伙。

“竟敢违背我的命令？看来你是活得不耐烦了！”黑巨人认为眼前的小孩简直是不知天高地厚。

眼看着黑巨人就要过来，哈桑敏捷地转移到黑巨人身后，抽出宝剑，奋力一跃，便砍掉了黑巨人的脑袋。不过黑巨人有七个脑袋，也就是说他有七条命，哈桑得砍掉所有的七个脑袋才能将黑巨人杀死。

哈桑虽然身材小，但身手敏捷，走位灵活机智；而黑巨人呢，虽然身材笨重，但力大无穷，要是被他打中，必定会一命呜呼！双方你来我往，打斗持续了整晚。天微微亮时，哈桑终于砍掉了黑巨人的第七个脑袋。❷

死掉的黑巨人“轰隆”一声倒下，精疲力竭的哈桑此时只想赶紧吃掉烤面包片充饥。正当哈桑去拿面包片时，无意间的一瞟，哈桑发现黑巨人左腿有一处异常的凸起。哈桑开始并未在意，不过坐下啃面包片时，他越想越好奇，于是揣着匕首凑到跟前。哈桑小心翼翼地用匕首将凸起的部分划开一道口子，刚想扒开看看里面到底是什么，一个玻璃盒便从口子里掉了出来。哈桑将玻璃盒子拿在手上来回翻看，确定没有危险后轻轻地将盒子打开——里面竟然有七只活生生的翠鸟！这一切都让哈桑对黑洞底下的世界充满了好奇。❸

❶ 最初，年轻气盛的哈桑认为外出闯荡，寻找自身的价值才是人生的意义。

❷ 一个人的勇敢不仅体现为可以果断地做出决定并坚决地执行，更应该体现为能够真正看清楚自己的内心。因为哈桑很清楚自己的内心需求，所以他会勇敢地面对一切，也勇敢地承担一切。

❸ 这里为后面故事的发展和结局做了铺垫。

❶ 其实，人生就是一次冒险的旅行。只有勇于冒险、不断挑战的人，才能让自己的人生熠熠生辉。

❷ 哈桑就像是勇敢和正义的化身，在恶势力面前他临危不惧，并敢于挺身而出。这种精神值得我们每一个人学习。

经过了一天的内心挣扎，哈桑最终决定带着玻璃盒子到黑洞底下去看看。

“那将会是一个什么样的世界呢？”哈桑满怀期待地走进了黑洞。不知走了多久，哈桑已经消耗完了所有干粮，终于来到了洞底。

洞底的世界并不像在外面看着那样是黑黢黢的一片，那里有一座豪华的宫殿！宫殿周围是被各种鲜花装点的花园，微风里充满了花的香甜气息。哈桑对眼前的景象吃惊不已，他从未见过如此宏伟又漂亮的宫殿，也从未见过四季的鲜花在同时开放。逛完花园，他便推开大门进了宫殿。宫殿里有无数个房间，每推开一扇门都像是打开了一个新世界，没有两个房间是相似的。❶

就在哈桑到处参观、沉迷于对宫殿的赞叹时，他似乎听到了一阵阵呼救声从很远的地方传来。

“难道这里还有别人？”哈桑听出那是人的声音，便循着声音找去。

随着呼救声越来越清晰，哈桑来到了宫殿角落一个十分隐蔽的小房间门前。他贴着门仔细听了听，确认声音是从里面发出来的，然后小心翼翼地将门推开一条细小的缝。哈桑从门缝里看到，有一个人被绑在房间里的床上，而房间里此时没有其他人。于是，他便推门进去，冲到床边。这时，他看清被绑的是个女孩，并给她松了绑。女孩告诉哈桑，这里是黑巨人的宫殿，他残暴凶狠，力大无穷，而且有七个脑袋，没人打得过他。

“谢谢你！不过你快走吧，别管我，我受伤了，会拖累你的。”女孩将哈桑推开，“要是黑巨人回来，咱们都活不了。”

“黑巨人死了。”哈桑说。

“你怎么知道？”女孩惊讶地问。

“是我杀死了黑巨人，”哈桑告诉女孩，“现在我们都安全了。”

女孩对眼前的哈桑佩服极了。离开房间后，女孩带着哈桑来到了黑巨人的金库，他们装了满满好几包财宝，打算带回人间。

从洞底回地上只能靠爬绳子，哈桑让女孩走前面，自己殿后。可是财宝太重，哈桑爬到一半绳子便断掉了。摔落的哈桑并没有回到黑巨人的宫殿，而是到了一个从未到过的新世界。那里的人都在哭泣。

哈桑还是头一次见全城的人都坐在地上哭，忍不住好奇，便试探着问：“您好，我是新来的人，请问发生了什么事吗？为什么大家都在哭？”

路人擦了擦眼角的泪珠，告诉哈桑：“还不是因为海神！”

“海神？”哈桑不明白，一个掌管海洋的神为什么会让全城的人都如此悲伤，“这和海神有什么关系呢？”

“你有所不知，这个海神要求我们每年这时候，都要向他进贡一个年轻女孩做新娘，否则就用海啸摧毁城市。”路人又擦了擦眼泪，继续说，“今年轮到国王的女儿了。公主善良可爱，大家都于心不忍……”

原来，公主要被送到海里去给邪恶的海神做新娘！

哈桑不仅勇敢，而且有一颗正义的心，他决定找到公主，在公主身边保护她，等到海神出现便趁机杀了海神，为民除害！ ❷

哈桑在海边找到了独自一人的公主。

“你是谁？”公主问面前这个未曾谋面的年轻人。

“我叫哈桑，是人间最勇敢的人。我来保护你，还要杀掉海神。”哈桑自信地回答。

听完哈桑的话，公主“扑哧”笑出声来，说：“你快走吧。海神可是神啊，你打不过他的。”

哈桑不仅没有动摇，反而走近坐到公主身边，说：“等海神来了，你就叫醒我。”说完，便躺下睡着了。

公主吃惊地看着哈桑，表情渐渐明朗起来。她十分佩服哈桑的勇气。

“我来保护你”，一想到哈桑对自己说的话，公主就不由得心跳加速。看着身旁熟睡的哈桑，公主内心生出爱意，不自觉地伸出手去抚摩哈桑被海风吹乱的头发和他帅气的面庞。❶

温馨美好的时光转瞬即逝，海浪越来越高，海风越来越狂躁，海神要

来了。公主知道自己命不久矣，即刻就要和哈桑分开，泪珠便从眼眶滚落。温热的泪珠落到哈桑的脸上，使他从睡梦中醒了过来。哈桑一醒来便拔出宝剑，将公主护在身后。

海神一出现，哈桑便冲过去，可是不论哈桑的宝剑怎么刺向海神的身体，都伤不到他。

“愚蠢的人类！”海神无情地嘲笑哈桑，“我的命可不在身上，你这样根本奈何不了我！哈哈哈哈！”

“看来我大限已至喽。”哈桑装作认输的样子，“那既然我今天必死无疑，不如你告诉我这个无知的人类，你的命到底在哪儿？”哈桑故意给海神说些好话。

“告诉你也无妨！”海神根本就不把眼前这个小小的人类放在眼里，“我的命不在这个世界。我的命在七只翠鸟身上，而这七只翠鸟在上层世界的黑巨人那里。所以，你们根本就杀不掉我！我在这个世界是永生的！”哈桑在海神眼里根本构不成威胁，再说，他怎么也想不到哈桑已经打败了黑巨人！

“七只翠鸟？黑巨人？”哈桑心想，“那不就是我从黑巨人腿里挖出来的玻璃盒？”❷

“尊敬的海神大人！请您宽限我三分钟，让我去同公主告个别吧！”哈桑想趁机去岸边掐死玻璃盒里的翠鸟，这样一来，就能杀掉海神了。

“嗬！还是个多情之人呢！”海神没想那么多，“我就满足你这最后的请求！”

❶ 即将被送到海里给海神做新娘的公主听到哈桑的这番话，着实感动了一把。这是一份勇敢的力量，很暖心，让她不再惧怕即将到来的危险。

❷ 在哈桑的诱导下，海神轻而易举地把自己的弱点说了出来，真是愚蠢至极。不过这对哈桑来说，却是个不折不扣的好事情，因为“知己知彼，百战不殆”。

哈桑刚到岸边，便掏出口袋里的玻璃盒，当他掐死代表凶恶海神的第一只翠鸟时，身后波涛汹涌，海神发出了一声痛苦的呻吟，像人的身体中箭时会发出的叫声那般。接着，哈桑飞速将剩下的翠鸟挨个掐死，当最后一只翠鸟断了气，哈桑身后的海啸声也随即停止了。

“你成功了！”公主激动地抱住哈桑，眼角流下了温热的泪水，这不仅是为自己，也是为整个城市流下的泪水。

哈桑护送公主安全地回到了王宫。此时全城的人都知道了那个来自人间的少年杀死了作恶多年的海神。哈桑被人们称作“世间最勇敢的人”。国王对哈桑赞赏有加，再加上公主对哈桑心生爱慕，国王打算将女儿嫁给哈桑，并且分给哈桑一半城市。

“哦！不！亲爱的国王陛下，我不能接受您的赏赐！”哈桑拒绝了国王的好意，“如果您真的想要赏赐我，就请您送我回去吧！”哈桑一心想要回到村子，因为那里还有他年迈的母亲。

哈桑的朴素和孝心令国王十分感动，国王立即下令召集最厉害的巫师，共同施法，将哈桑送了回去。

回到家的哈桑，从此和母亲在村子里过着平淡而幸福的生活。

日积月累

犒劳　不知天高地厚　挣扎　转瞬即逝

延伸思考

你认为最勇敢的人应该是什么样的？

小铜罐的秘密

名师导读

非洲各地区之间经常交换特产和其他物品，再加上非洲拥有十分古老的文明，人们常常会在这些物品上发现一些早已绝迹的文字。人们无法理解这些来自异域的奇珍异宝和古老文字，便用一个个神话故事来解释。

国王塞伊都十分鼓励发展商业贸易，城镇的集市上常常会出现各种稀奇的异域宝物。

这一天，一个有名的商人向国王塞伊都进贡了一个神秘的小铜罐。按他所说，那是一个来自远方巫国的宝物，从来没人打开过，也没人知道里面有什么。

国王好奇极了，一拿到小铜罐便马上打开。不过，里面除了一张羊皮纸，就只有些看似普通的白色药粉了。羊皮纸上的文字是已经绝迹的古老文字，国王根本不知道写的是什么。于是，国王派人贴出告示，重金在全国寻找能解读这种古老文字的人。不久，伊米尔揭下告示来到了宫殿。

伊米尔经过仔细的研究，向国王禀告："尊敬的国王陛下，这字条上写的是：得到此药罐者是受上帝宠爱的人。在额头上点涂药粉，朝东跪拜，喊'穆塔布'，便可变为任何动物；如此重复一次，便可恢复人形。变为动物者千万不要笑，否则将不能恢复人形。"

国王觉得很有趣，便和宰相一起来到王宫外的王家花园，决定变成鹤试试。他们两人打开铜罐，按照小铜罐里的指示，操作了一遍，两人果真变成了一对鹤。可当两人再想变回原来的样子时，却忘了口诀，自然也无法变回人的模样，更不能回王宫了。

就这样，过了很多天，他们飞回王宫，看到了新国王的登基仪式，而这个新国王正是昔日自己最大的竞争对手布瓦义。老国王这才意识到：原来让他和宰相变成动物是一场蓄谋已久的阴谋。他们当即决定到先祖的墓前祈祷，请求先祖帮助他们恢复人形，然后再设法夺回王位。

一天，他们飞到城里，落在一座亮着灯的房顶上，恰巧听到下面有一个人在讲话。往下一看，竟是当时进贡小铜罐的那个商人。在谈话中，他们听到了那句口诀"穆塔布"。于是，两人急忙飞到城外的一块空地上，依照小铜罐里的指示，像模像样地操作了一番。话音刚落，他们便立即变回了人的模样。国王和宰相高兴地拥抱在一起。

后来，国王和宰相一起回到了王宫，看见布瓦义正坐在高台上接受人们的参拜。但当人们看见老国王回来后，便纷纷拥上前请安，簇拥着老国王进入宫殿。就这样，老国王重新登上了王位。

为了惩罚布瓦义，老国王用小铜罐里的指示让布瓦义变成了一只黑色的大鹤。然后，又命侍卫做了一个鸟笼，将他永远关在笼子里。

从此，国王和宰相认真地管理着国家，再也不去干那种自投罗网的事情了。

日积月累

贸易　异域　告示

延伸思考

如果你是国王，你会轻易打开那个神秘的小铜罐吗？

“曼丁之狮”松迪亚塔

名师导读

生命是充满奇迹的小小种子，有的种子经历狂风暴雨后，成为高大茂密的木棉树供人乘凉，有的种子屈服于磨难，匍匐在树下任人践踏。但是，“一切伟大都出自渺小”。

松迪亚塔是曼丁国王马甘·孔·法塔的第二个妻子所生。他出生的喜讯很快就传遍了曼丁王国，因为有一位神秘的先知预言：这诞生的必将是一位伟大的国王。可是，随着松迪亚塔慢慢长大，人们竟然发现他是一个有缺陷的孩子。三岁的时候，他只能用两手撑着身体在地上爬，根本不会走路，而且他长着一个很大的脑袋，看上去十分与众不同。

国王看着这个古怪的孩子，有些心灰意冷，因为他觉得自己的王国不可能交给这样一个看起来有缺陷的儿子。松迪亚塔已经七岁了，但还是只能在地上爬。国王渐渐年迈，有一天，他把松迪亚塔叫到床边，说：“我马上就要离开人世了，不过在临走之前，要嘱咐你几句话，以后你一定要认真学习我们祖先的历史，学习祖先传给我们的本领，永远不要忘记我们的曼丁王国……”松迪亚塔看着自己的父亲，似乎意识到了自己肩负的使命。❶

国王去世不久，在大王后的阴谋操控下，她的儿子丹卡朗·图曼王子继承了原本属于松迪亚塔的王位，而且还把松迪亚塔和他的母亲松克隆赶出了王宫。从此，松迪亚塔和母亲相依为命，住在一个简陋的房子里。

渐渐地，人们忘记了先知的预言。他们都说："伟大的曼丁王国的王位怎么能留给一个不会走路的人？"狠毒的大王后还故意煽动百姓，让他们去嘲讽这个已经七岁还在地上爬的孩子。母亲松克隆因此经常一个人在夜里哭泣。面对众人的嘲讽和母亲的泪水，松迪亚塔大喊一声："今天我就开始走路！"于是，他让人帮他找来父亲的铁匠，为他打造了一根沉重的铁棍，这根铁棍沉重到需要六个人才能抬得动。

松迪亚塔双手撑着身体，爬到铁棍前，用尽全身力气，扶住铁棍。他犹如一头沉睡时被惊醒的狮子般怒吼了一声。是的，他站起来了！一开始，他的双腿还颤颤巍巍，但没过多久，他就健步如飞了。

身手不凡、为人大方的松迪亚塔，很快就结识了好多朋友。渐渐地，他长到了十岁。他勇猛过人，能以一敌十，充满了领袖气质。这时的大王后心中惴惴不安，松迪亚塔的强大，代表了她和丹卡朗·图曼的权力将受到威胁。所以，她召集了曼丁王国最有本事的九个老巫婆，要她们想办法让松迪亚塔从这个世界上消失。可是这九个老巫婆亲眼看见善良的松迪亚塔后，不但没有置他于死地，还纷纷发誓以后要保护他。

一天晚上，松克隆对松迪亚塔说："咱们还是离开这儿吧，大王后是不会善罢甘休的，等你长大以后，再回到曼丁……"从此，松克隆和松迪亚塔开始了辗转流浪的生活。他们曾被人迎到家中热情款待，也曾

❶ 老国王内心其实还是相信先知的预言，认为松迪亚塔虽然现在看起来弱小，但终究会成为伟大的国王。

被当成乞丐沿街乞讨。就这样，他们在异国他乡生活了七年。松迪亚塔长大了，苦难把他磨炼得更加强大了。

辗转了几个国家后，松迪亚塔和母亲来到了麦马王国。这里的国王东卡拉没有儿子，看到气质不凡的松迪亚塔，他十分喜欢，握着松迪亚塔的手说："命运把你带到了麦马，我会传授你武艺，让你成为伟大的战士。"从那天起，松迪亚塔就陪伴在国王身边。他勤奋好学，不仅学会了超群的武艺，而且智慧过人。三年后，东卡拉国王让松迪亚塔辅佐他管理国事。

可正当松迪亚塔在异乡初露锋芒的时候，曼丁王国却落入了索索国王苏毛罗·康坦之手。最可恶的是曼丁国王丹卡朗·图曼竟然抛弃百姓逃跑了。那些仇视苏毛罗·康坦的曼丁勇士们准备团结起来，反抗侵略者，可是他们缺少一个领袖。于是大家纷纷跑去问先知，说："我们还能复国吗？"先知只说了一句话："能拯救曼丁王国的只有那位合法的王位继承人。"这时，人们终于想起了那个名叫松迪亚塔的王子。他们辗转了好几个王国，最终在麦马王国找到了松迪亚塔。

曼丁的勇士们恳请松迪亚塔回到曼丁，异口同声地说："曼丁王国的百姓现在身处水火之中，等待您去拯救。在这里，我们向您致敬！"

听完这番话后，松迪亚塔陷入了沉思，许久后说道："你们说得对啊，现在我们的王国有难，我必须要回去。我这就向国王辞行，马上回曼丁。"他的声音坚定而又自信，谁能说他不是国王呢。

松迪亚塔觐见东卡拉国王，说："尊敬的国王陛下，在我无家可归的时候，您收留了我，您对我的照顾如同对儿子一般。在您的教导下，我学得了一身武艺。现在，我已经长大成人，而我们的王国正处在危难之中，所以我必须要回到曼丁，去履行我的职责。"面对这突如其来的请辞，东卡拉国王很快便答应了松迪亚塔的请求，还把军队的一半力量交给了他。

松迪亚塔一手训练出来的骑兵团成了他的铁骑团，他们发誓要与松迪亚塔共进退，同患难。另一个王国的苏巴马·西塞国王听说松迪亚塔要去征讨苏毛罗·康坦的消息，也将一半的兵力分给了松迪亚塔，并送上了最诚挚的祝福。渐渐地，所有反抗苏毛罗·康坦的国王都聚集到了一起，组成了同盟军。

松迪亚塔是他们的首领，他振臂高呼："曼丁的子孙们，我回来了，只要我还活着，曼丁的子孙就不会做奴隶……"这时，千万人发出了震天动地的欢呼声。松迪亚塔率领这支强大的同盟军，打通了回曼丁王国的路。此时，苏毛罗·康坦也动员了成千上万的士兵，准备向曼丁发动进攻。

这一天，旭日东升，两军都已经摆好阵型。一声令下，战鼓齐鸣，两军交战在一起。松迪亚塔率领的军队猛如虎、急如电，敌人闻风丧胆。经过几轮大战，苏毛罗·康坦的军队就像是山倒塌一样，一败涂地。

战果辉煌的同盟军将士纷纷宣誓，效忠松迪亚塔。当松迪亚塔带领军队进入曼丁王国后，曼丁王国的每个村庄都为松迪亚塔举行了隆重的欢迎仪式。一路上，人们夹道欢迎。他们都想目睹这位拯救他们王国的大救星。

松迪亚塔的回归，让曼丁王国很快恢复了生机。而在他的统治下，正义得到了伸张，罪恶得到了惩罚，曼丁王国的人民都过上了幸福的生活。人们都称松迪亚塔为"曼丁之狮"，而松迪亚塔也终于成了一位伟大的国王。

日积月累

心灰意冷　初露锋芒　旭日东升

延伸思考

"曼丁之狮"最重要的品质是什么？

《曼丁之狮·非洲民间故事》读后感

茂盛葱郁的雨林，干燥炙热的沙漠，成群迁徙的动物……多姿多彩的自然风光和粗犷古拙的文化风俗是非洲在人们心中留下的深刻印象。作为人类文明的发源地之一，非洲有超过三千年历史的文字，非洲民间还流传着许多有趣的神话故事，本书便是这些神话故事的简单收录。

从创造整个世界的阿玛、呼风唤雨的雷神雨神、心狠手辣的巫婆、英勇聪明的王子、勤劳善良的姑娘，到凶残但敬佩勇敢者的食人怪、矮小但讲义气的小精灵、淘气但信守承诺的魔鬼……这些神话故事的世界中，每一位天神都有自己的职位和能力，镇守一方；每一个魔鬼都有自己的偏好，有的喜欢食人，有的专门挑拨离间；每一个人也都有自己的生存环境，尽管他们大多没有具体的姓名，但一讲起他们的故事，我们便能指出他们的不同。这些故事世界，是充满想象力的世界。

非洲民间故事不仅仅是简单的传说故事而已，这些故事之所以能在民间流传上千年，正是因为其中蕴含着简单而深刻的道理——人们对真善美的追求和向往。每一个小故事都体现着非洲人民对勤劳、真诚、善良、勇敢等品质的朴素认识。人们通过这些故事，生动形象地将这些优良品质讲给后代听，希望他们能将这些优良品质传承下去。